B.O.S.S.

Beau, odieux, sexy, snob

AIMÉE BIANCA

B.O.S.S.
Beau, odieux, sexy, snob

addictives POCHE

1

Assise dans l'un des fauteuils de la véranda, je profite des derniers rayons de soleil de cette fin de journée qui filtrent par la baie vitrée. Le printemps a déjà pointé le bout de son nez en ce mois de mars, les arbres reprennent peu à peu de leur couleur, habillant leurs branches nues de bourgeons et de feuilles vertes. J'aime cette saison, lorsque l'hiver touche à sa fin et que la nature florissante reprend ses droits.

Mon verre de vin blanc dans la main, j'entends ma sœur passer les portes-fenêtres qu'elle referme à moitié derrière elle, nous isolant légèrement du reste de la maison.

– Enfin !

June soupire tout en s'affalant dans le canapé en face de moi. Elle récupère son verre sur la table basse et gobe une olive verte dénoyautée.

– Tu as fait vite.

– Tu parles, soupire-t-elle. J'ai bien cru que je n'allais jamais réussir à les coucher. Elles voulaient *absolument* que tu leur lises une histoire.

– Tu aurais dû m'appeler.

Elle secoue la tête, l'air épuisé.

– Oh, non, je les connais. Elles en auraient profité pour rester éveillées plus longtemps. Elles adorent quand tu es là.

Un sourire s'étire sur les lèvres de June qui avale une gorgée de vin. Elle est mariée avec Charly depuis bientôt trois ans, et ils sont parents de merveilleuses petites jumelles, Lauryne et Clarissa, nées seulement quelques mois après leur union. Si au début elles étaient plutôt de nature calme, elles ont vite commencé à se forger un caractère. Les chiens ne font pas des chats et elles ont de qui tenir : de vraies Barnett… Ça ne devrait pas étonner ma sœur, nous n'avons jamais été des enfants très sages.

– Moi aussi, j'aimerais pouvoir venir plus souvent, regretté-je.

– T'as toujours autant de boulot ?

– En ce moment, oui, et ce n'est pas près de s'arrêter. Ils ont décidé de lancer un nouveau produit pour la fin de l'année, et je vais tout donner pour pouvoir m'occuper de ce projet.

Depuis quelques mois, je travaille pour une grosse entreprise de cosmétiques et je ne compte plus mes heures passées au bureau. Ma sœur et moi sommes très proches, encore plus depuis que nos parents ont déménagé en Floride alors que j'entamais ma deuxième année à l'université. Avant que je décroche mon poste de responsable marketing chez Patience, nous avions l'habitude de nous voir plusieurs fois par semaine, que ce soit chez elle ou chez moi. J'ai toujours rêvé de travailler pour un grand groupe et ce poste est le saint Graal, une consécration après des années à enchaîner des boulots d'assistante sans grandes responsabilités. Et j'adore vraiment mon job !

– Encore un parfum ?

– Non, réponds-je la bouche pleine de chips. Une crème anti-âge.

– Si t'as des échantillons, tu sais à qui penser.

June se désigne des pouces.

– T'en fais pas, t'étais en haut de la liste. Ce n'est pas une nouvelle ride que je vois là, d'ailleurs ?

Avant que j'aie le temps de lui indiquer l'espace entre ses deux sourcils, je reçois un coussin en plein dans le visage. Son rire camoufle le mien et je mets quelques secondes à reprendre mon souffle. Je me redresse sur mon fauteuil et retire une de mes mèches brunes qui s'est infiltrée entre mes lèvres.

– Tu verras quand t'auras dépassé les 30 ans, reprend-elle. Tu ne jureras plus que par ces crèmes.

Je lève les yeux au ciel, en souriant devant l'attitude surjouée de ma sœur. Malgré nos quatre ans d'écart, elle aime me rappeler qu'elle est l'aînée autant que j'aime lui faire remarquer qu'elle est donc la plus vieille.

– Comment ça se passe avec l'Imperator ? Toujours aussi…

– Inqualifiable. Oui !

L'Imperator, *a.k.a.* mon boss, accessoirement appelé Perkins Junior. Il est le fils du P.-D.G. du groupe Patience. C'est une entreprise familiale, et il occupe le poste de directeur commercial et marketing, à savoir *mon* département. Évidemment. Si au départ cet homme me paraissait simplement un peu taciturne, il s'est vite montré sous un autre jour. C'est, certes, un bourreau de travail mais c'est aussi un emmerdeur de première, arrogant, imbu de lui-même et…

– Mais toujours aussi beau ?

– Foutrement séduisant.

June s'esclaffe, son verre de vin au bord des lèvres.

– Où est Charly, déjà ?

Je pose mes pieds nus sur le rebord de la table basse en face de moi sans prêter attention au regard suspicieux de ma sœur. Je sais très bien où il est. Elle me l'a déjà expliqué lorsqu'elle m'a proposé de venir dîner ce soir. Mais pour une fois que j'ai une soirée de libre, sans un monticule de travail à faire, je compte bien en profiter et éviter de penser à mon patron. June ne me tient pas rigueur de l'orientation nouvelle que je donne à notre conversation et me répète :

– À une réunion d'anciens élèves de son lycée. Il m'a envoyé un texto tout à l'heure. Apparemment, il a retrouvé un vieil ami qu'il avait perdu de vue. Il est ravi.

– Ça doit être drôle de revoir d'anciens camarades, enchaîné-je avec une pointe de nostalgie.

Je bascule ma tête en arrière pour reposer ma nuque contre le coussin du fauteuil.

– J'aimerais bien savoir ce que sont devenues les sœurs Dwight.

– Je crois que maman m'avait dit que Miranda était partie à New York pour tenter une carrière de mannequin.

Miranda était la plus jeune, elle avait mon âge. C'était une jolie brune, assez mince, avec des yeux verts à couper le souffle. Elle était aussi belle que gentille et on s'entendait super bien. Nous étions dans le même cours de français.

– Par contre, Lydia : aucune idée. Elle n'était pas avec un joueur de foot ?

– Si, Bryant, confirme June. Je me demande s'ils sont encore ensemble.

– Bonne question.

– À son âge, ce serait dommage qu'elle soit célibataire.

Je lance un coup d'œil à ma sœur qui fait semblant de regarder autre part.

– D'ailleurs…

J'accroche enfin son regard et un sourire espiègle se dessine sur ses lèvres fines.

– Je te vois venir…

– Quoi ?

– Qu'est-ce que t'as encore fait ?

J'attrape la bouteille de vin au milieu de la table basse en soupirant, puis remplis nos deux verres.

– T'es libre le premier week-end d'avril ?

– June… soupiré-je.

Ça pue le plan foireux. Lorsque ma sœur a ce regard, c'est qu'elle manigance quelque chose.

– T'es libre ou pas ?

– C'est quelle date exactement ce premier week-end d'avril ?

– Dans dix jours.

– OK, et ce serait pour quoi ?

– Tu sais, l'ami de Charly qu'il a revu ce soir…

Je secoue la tête, le visage aussi blasé qu'amusé.

– … Il l'a invité à dîner. Viens, ça pourrait être sympa.

Ma mère et elle ont passé des années à vouloir me caser avec n'importe qui. Tous les jeunes hommes seuls de notre entourage y sont passés. Et quand ce n'est pas le fils de la voisine, c'est l'ancien camarade de classe du beau-frère. Ma famille a vraiment le don pour les situations embarrassantes. Je me souviens encore de cette soirée arrangée pour me présenter le petit Tomi. *Petit*, parce qu'il avait seulement 18 ans alors que j'entamais ma vingt-troisième année. Et même à l'aube de mes 29 ans, elles ne veulent toujours pas abdiquer concernant mon célibat – que j'aime et que j'accepte sans aucune résistance. Au début, ça ne m'amusait pas, maintenant je n'ai pas d'autre choix que de les laisser faire pour avoir la paix. Et ça me convient, au moins ça passe le temps et c'est souvent drôle.

– Je suppose que c'est un homme seul, fraîchement divorcé, qui n'aspire qu'à trouver une charmante épouse ? dis-je avec sarcasme.

– Je sais seulement qu'il est seul.

Comme par hasard.

Elle hausse les épaules, comme si sa proposition était totalement naturelle.

– June, tu sais très bien que les rendez-vous arrangés…

– Ce n'est pas un rencard, me coupe-t-elle.

– Menteuse !

Elle n'en rate pas une et ça me fait rire.

– Je serai là avec Charly. C'est simplement un dîner, entre amis.

– Entre amis, répété-je, pas convaincue du tout. Et il a un nom, ce camarade ?

– Il s'appelle Wade, déclare-t-elle, satisfaite de mon léger intérêt.

– Bien, bien !

– T'es d'accord ?

Je hoche la tête pour lui signifier que je suis partante. June gesticule sur le canapé, heureuse d'avoir une nouvelle fois réussi son petit manège pour me présenter un homme.

– Mais c'est la dernière fois, la préviens-je sans grande conviction.

Je sais que ce sont des paroles en l'air puisque, à la prochaine occasion qui se présentera, elle sautera dessus. Elle hoche la tête, satisfaite.

– J'espère au moins qu'il est mignon, ce Wade, marmonné-je.

2

Je sursaute lorsque j'entends mon téléphone sonner. Les yeux fixés sur mon ordinateur, je décroche et porte le combiné à mon oreille.

– Café ?

La voix d'Isabelle me sort immédiatement de ma concentration et je souris en entendant le ton plaintif de ma meilleure amie – et accessoirement collègue. Je la connais depuis l'année où j'ai été diplômée. Nous avons été embauchées dans la même entreprise lorsqu'elle est arrivée de Boston. Quand je l'ai vue pour la première fois, j'étais loin d'imaginer que sous ses petites boucles brunes se cachait une jeune femme pleine de vie, bavarde, sociable et extravagante.

Le courant est vite passé entre nous, la boîte était plutôt petite et nous nous retrouvions souvent sur le même dossier malgré son poste dans le secteur comptabilité. Les tâches ingrates et longues étaient pour la plupart données aux assistantes et aux nouveaux. Les heures passées aussi bien au boulot qu'à l'extérieur ont forgé notre amitié. Elle a été embauchée chez Patience deux ans avant moi, et lorsqu'elle a entendu parler d'une place vacante, elle s'est précipitée pour m'en informer.

– Dure journée ?

– In-ter-mi-na-ble ! déplore-t-elle en accentuant chaque syllabe.

Je glousse puis constate que mon PC indique quinze heures passées. Effectivement, j'aurais bien besoin d'une pause, moi aussi.

– Dans le hall dans dix minutes ?

– Vendu ! conclut-elle avant de raccrocher.

J'enregistre l'intégralité de mon travail accompli depuis ce matin et éteins l'écran. J'effectue des mouvements de tête afin de détendre les muscles de ma nuque puis me lève de ma chaise avant de récupérer mon manteau.

J'ai la chance d'avoir un bureau personnel grâce au poste que j'occupe. Ce n'est pas la pièce la plus grande, mais cela me convient amplement. J'ai une magnifique vue sur Chicago grâce aux grandes fenêtres d'angle, et un petit espace où ont été installés un canapé, un fauteuil et une table basse. Même si ce coin ne m'a encore jamais servi – je n'ai clairement pas le temps de m'y détendre –, j'aime l'atmosphère reposante qu'il dégage. Mais ce que j'apprécie le plus, c'est la grande verrière qui ouvre sur le couloir, ainsi je n'ai pas l'impression d'être enfermée entre quatre murs. Si cette ouverture permet de voir l'espace de travail dédié aux assistants commerciaux et marketing, elle offre également – malheureusement – une vue plongeante sur le bureau de mon boss. Le sien n'est pas comme le mien. Pas d'ouverture lumineuse (hormis les énormes fenêtres qui donnent sur l'est de la ville et par ailleurs la meilleure vue de l'immeuble) ou de verrière qui donnent sur ses subalternes. Non. Lui, c'est cloisonné, délimité – comme s'il voulait prouver à tout le monde qui il est –, seule sa porte reste ouverte. Je suis sûre que c'est sa façon de garder un œil sur nous. Et moi, ça me donne une vue sur lui.

Forcément.

Un désastre pour la concentration.

J'ai bien tenté de changer la disposition de mon bureau, mais, quoi qu'il arrive, je l'ai dans mon champ de vision autant qu'il m'a dans le sien.

Dans mon malheur, j'ai néanmoins une certaine chance : pour accéder aux ascenseurs de l'immeuble, je n'ai pas à passer devant la porte de l'Imperator. C'est donc d'un pas assuré que je traverse la grande salle animée par le bruit des doigts qui dansent sur les claviers, les quelques sonneries de téléphone et le faible claquement de mes talons sur le sol en vinyle.

Il me faut un peu plus de cinq minutes pour descendre les soixante étages du building et c'est sans surprise que je vois Isabelle en bas avant moi. Elle m'attend à l'extérieur du bâtiment, au soleil, avec une cigarette à la main. Je fais glisser mon badge pour que les portiques s'ouvrent et traverse le hall en direction de ma meilleure amie.

– Te voilà enfin !

– Avoue, tu étais déjà en bas lorsque tu m'as appelée.

Elle secoue la tête en riant, ses lèvres peinturées de rouge entrouvertes sur ses dents blanches.

– Coupable, l'appel du café était bien trop important.

Elle me tend le carton où se trouvent deux gobelets. J'en attrape un que je porte immédiatement à ma bouche. J'avale le liquide brun et chaud tout en soupirant d'aise.

Ça fait un bien fou.

– Il y a un *afterwork* au Barco ce soir, tu te joins à nous ?

Tous les vendredis soir, certains collègues de Patience se retrouvent dans un bar à quelques rues d'ici pour décompresser de la semaine. C'est très rare que j'y aille et encore plus en ce moment.

– J'ai encore beaucoup de boulot ! déclaré-je.

– Aprile, t'as *toujours* du boulot. Souffle un peu.

– Je vais essayer, je ne te garantis rien.

– Il y aura Aaron, le petit informaticien.

Isabelle accompagne ses mots d'un clin d'œil.

– Ne t'y mets pas non plus…

Elle me fixe, étonnée.

– Ma sœur m'a encore fait le coup du rendez-vous arrangé.

– Encore ?

Je pince les lèvres en acquiesçant bruyamment.

– Qui est l'heureux élu cette fois ? demande-t-elle, amusée.

– Un certain Wade, un ancien camarade de Charly.

Elle tire sur sa fin de cigarette en riant.

– Elles auront vraiment tout fait, ta mère et elle.

– T'as vu ça, c'est dingue.

– T'as intérêt de me raconter.

Elle me bouscule gentiment de l'épaule et j'avale une nouvelle gorgée de café. C'est fou comme un simple liquide au goût amer peut détendre à ce point.

– Mais bon, au moins, tu sais qu'Aaron est gentil.

– Isa ! S'il te plaît, pas toi.

– Il est mignon en plus.

– Trop timide.

– De toute façon, avec toi, ils sont tous soit trop grands, soit pas assez petits, trop blonds, trop souriants, pas assez bavards… Toujours des excuses.

– J'ai des critères.

– T'es surtout une flippette.

Je ne peux m'empêcher d'exploser de rire.

– Une quoi ?

– Une flippette. T'as juste peur de te lancer avec quelqu'un.

– J'ai pas peur, me défends-je. Je suis juste très bien toute seule.

– Ou alors…

Elle me fixe de son regard noisette, les mains désormais autour de son gobelet. Elle me donne froid avec sa veste en cuir et son chemisier vert pomme. Même si la météo est clémente, il y a quand même un petit vent frais qui glace les os.

– T'as quelqu'un en tête.

Je lève les yeux au ciel. Comme si c'était possible en ce moment, j'ai bien trop de boulot pour penser à autre chose.

– Un grand brun au regard sombre et à la mâchoire carrée, aux larges épaules et à la voix grave.

Je n'ai pas besoin de réfléchir longtemps pour comprendre à qui elle est en train de faire référence et je l'arrête tout de suite.

– N'importe quoi ! Dis pas des bêtises aussi grosses que toi.

– T'es une petite menteuse, s'esclaffe-t-elle.

– Je ne pense pas du tout à M. Perkins.

– Et qui te dit que je parlais de lui ?

Isabelle se décolle de la vitre et s'avance jusqu'à l'entrée de l'immeuble où elle jette son gobelet vide. Au lieu de réagir à son piège et lui envoyer une remarque bien pensée, je la suis en trottinant. J'entends son rire d'ici tandis qu'elle pénètre dans le hall de Patience. Je marche sur ses talons, accélérant le pas.

Je sais ce qu'elle est en train de faire mais je me retiens de courir pour la rattraper. Depuis quelques mois, nous avons commencé à jouer à un jeu débile qui consiste à semer l'autre pour arriver en premier à notre poste. C'est sans surprise que j'arrive devant les portes de l'ascenseur au moment où elles se ferment sur elle, tout sourire, qui me tire la langue.

Difficile de croire qu'on a presque 29 ans.

Je ris bêtement et appelle un nouvel ascenseur qui arrive en quelques secondes. Les portes s'ouvrent sur quatre personnes qui descendent lorsque je monte. Seule, je fixe patiemment les chiffres qui défilent, indiquant les étages que je dépasse. À chaque arrêt d'autres gens vont et viennent, jusqu'à ce qu'il n'y ait à nouveau que moi. Une fois au cinquantième étage, l'ascenseur s'immobilise et, concentrée sur les portes qui s'ouvrent et se referment, je ne fais pas attention au visage de la personne qui entre. Un raclement de gorge me fait sortir de mon monde. Je lève les yeux et tombe sur un dos enveloppé dans une veste de costume bleu marine. Je parcours cette surface jusqu'aux épaules droites et carrées de l'individu, couvertes par un tissu impeccablement repassé et parfaitement ajusté. Une chemise blanche dépasse légèrement et entoure une nuque à la peau hâlée.

C'est mon corps qui prend conscience, bien avant mon cerveau, de qui se tient à quelques centimètres de moi. Ce traître est déjà en ébullition. Mon souffle se bloque dans mes poumons.

Merde.

J'aurais dû m'en douter, cette odeur boisée m'était bien trop familière. Bien sûr, il ne fait pas comme les autres. Il a son propre parfum. Un arôme indescriptible. Inégalable. Inoubliable. Un truc qui te reste ancré dans les narines des heures après son départ et qui virevolte à chaque mouvement qu'il effectue. En même temps, quel héritier d'un célèbre grand groupe de cosmétiques n'aurait pas sa propre fragrance ?

Et forcément, ça me met dans tous mes états.

Il ne semble pas avoir percuté que j'étais juste derrière, ou alors il m'ignore ostensiblement. Je continue mon inspection sur sa nuque et la base de ses cheveux bruns, presque noirs, toujours taillés comme il le faut. Cette façon qu'il a de les coiffer, comme s'il avait passé un coup de main dedans le matin et qu'ils étaient restés figés par le geste. Ses oreilles dégagées, ni trop grandes, ni trop petites, ni trop décollées, ni trop collées. Et ce petit grain de beauté derrière celle de gauche…

Je préfère ne pas me souvenir depuis quand je l'ai remarqué, celui-là.

Je retiens un râlement, agacée par tant de perfection, d'arrogance et de supériorité. Comment c'est possible d'avoir autant de défauts et de qualités dans un corps pareil ?!

– Mademoiselle Barnett, respirez. Je n'ai pas envie de vous ramasser sur le sol.

Je sursaute, surprise par sa voix grave et profonde, le ton autoritaire qu'il emploie, et constate trop tard qu'il avait bien conscience que je me trouvais dans son dos.

Connard ! est ce qui me vient à l'esprit, mais je me contente de dire :

– Monsieur Perkins.

Je reconnais à peine le son qui sort de ma bouche. J'ai la langue pâteuse alors que j'ai bu un café il y a seulement quelques minutes. J'ai extrêmement chaud et le peu d'espace qui m'entoure me fait hyperventiler.

Calme, Aprile. Self-control.

C'est dans un bruit libérateur que les portes de l'ascenseur s'ouvrent à notre étage. En une enjambée, Perkins sort de la cage d'acier et traverse la pièce où se trouvent tous les employés de notre département. Une bouffée d'air frais s'engouffre sous mon manteau et mon chemisier blanc. C'est en sentant le tissu me coller dans le dos que je me rends compte à quel point j'ai transpiré dans cet espace clos et si étroit.

Si seulement c'était à cause du stress d'être dans un endroit exigu...

Je sors à mon tour et le suis, silencieuse, à une distance – de dix mètres – raisonnable.

Bientôt huit mois que je travaille ici, à cet étage, sous la supervision de cet homme. Archibald Perkins, *a.k.a.* l'Imperator. L'imbuvable. L'inqualifiable. Pourtant, à chaque fois c'est le même scénario : mon corps me fait défaut, mon cœur s'emballe et le souffle me manque. À chaque fois une chaleur incontrôlable prend possession de ma poitrine, de mes joues et d'entre mes... Je secoue la tête.

Respire, Aprile.

C'est ton boss.

Perkins Junior, fils d'André Perkins, P.-D.G. de Patience.

L'être le plus arrogant, méprisant...

– Mademoiselle Barnett, maintenant que vous avez fait votre petite pause, il est peut-être temps de reprendre le travail. Ce poste est pour ceux qui bossent, pas pour ceux qui rêvassent.

Je n'ai pas le temps de répliquer quoi que ce soit qu'il ferme – étonnamment – la porte de son bureau.

Mais cet homme est un connard.

3

J'ai énormément de mal à émerger de mon lit. Je n'ai jamais été du matin, et c'est à chaque fois une torture de me séparer de ma couette et de sortir du cocon chaud de mes draps. Pourtant, je prends sur moi et me dirige vers la salle de bains où j'effectue un lavage sommaire du visage. Pas besoin de douche, je vais me dépenser dans une heure. J'enfile un legging, un T-shirt large où trône au centre une énorme tête de chien et glisse mes chaussures de sport dans un sac.

Isabelle voulait absolument que je l'accompagne à la séance de neuf heures. Elle s'est inscrite récemment à un club de sport où elle va le dimanche depuis deux semaines faire du Pilates. Passant de moins en moins de temps avec elle hors du bureau, j'ai décidé de faire un effort ce matin et de bénéficier de l'essai gratuit pour cette activité.

Je traverse mon salon jusqu'à la porte d'entrée où j'enfile une paire de bottines.

Pour le style, on repassera.

Mon appartement est loin d'être grand. J'ai une chambre, une salle de bains adjacente avec le strict nécessaire. La cuisine ouverte donne sur la pièce à vivre où une bibliothèque couvre l'intégralité du mur qui sépare la chambre du salon. Au milieu de la pièce trône un canapé rouge dont le tissu est tellement usé que j'ai dû mettre un plaid à carreaux verts et bleus. La table basse en bois s'accorde parfaitement avec le meuble télé ainsi que mon bureau qui est à l'extrémité de la pièce, à côté d'une grande fenêtre donnant sur rue.

C'est un logement assez lumineux l'après-midi et calme

en tout temps de la journée, je suis contente de l'avoir déniché à la fin de mes études. Même si le loyer, pour l'emplacement et la taille, est bien plus élevé que ce que j'aurais aimé.

Mes bottines aux pieds, je dévale l'escalier et sors de l'immeuble. Un vent doux vient caresser mon visage lorsque je pose les pieds sur le trottoir. La météo est clémente en ce début de matinée, je décide donc de marcher jusqu'au métro plutôt que de prendre le bus au coin de la rue. Je suis une adepte des transports en commun. Même si j'ai passé mon permis de conduire dès que j'en ai eu l'âge, comme la plupart de mes amis à l'époque, je n'ai jamais eu envie d'une voiture. Bien trop encombrante avec si peu de parkings ici.

Je déambule dans les rues de Chicago, levant de temps en temps la tête pour admirer les buildings qui m'entourent et l'architecture typiquement américaine. J'adore cette ville, l'ambiance qui y règne, l'animation, le dynamisme. Je ne me suis jamais vue ailleurs qu'ici.

J'inspire une dernière bouffée d'air frais avant de m'engouffrer dans les tunnels du métro.

***

– T'aurais vraiment dû venir vendredi, on a passé une bonne soirée !

Essoufflée, je suis Isabelle jusqu'au banc où nous avons déposé nos sacs au début de la séance.

– Estime-toi heureuse, je suis là ce matin, réponds-je d'un ton taquin.

J'attrape la bouteille d'eau dans mon sac de sport et avale un bon tiers du liquide. Je suis en sueur et des gouttes perlent dans mon cou. Ça se voit que je n'ai pas fait d'activité sportive depuis longtemps, je ne sens déjà plus mes muscles alors que ce n'est que le début du cours. Pourtant, je ne m'imaginais pas que le Pilates était si physique. Moi qui pensais venir pour me détendre… Je vais être lessivée.

– Essaie de te libérer plus la prochaine fois.

– Promis, mais il fallait vraiment que je termine une présentation pour demain.

– Franchement, je ne comprends pas pourquoi Perkins te donne autant de boulot.

Isa soupire et s'essuie le visage avec une petite serviette de bain bleue.

– C'est moi, je ne sais pas m'organiser.

– Ce n'est pas parce que tu le trouves canon que tu dois lui trouver des excuses.

– Rappelle-moi pourquoi je t'ai avoué ça, déjà ?

Ma meilleure amie éclate de rire et refait sa queue-de-cheval, n'oubliant aucune de ses boucles brunes.

– Parce que je suis ta BFF et que je n'allais pas mettre longtemps à le comprendre.

Je lève les yeux au ciel devant tant de cinéma. Isabelle est une femme de caractère qui n'a aucun filtre. Elle est toujours de bonne humeur et à chaque fois qu'elle entre dans une pièce, elle s'assure que tout le monde la remarque. Si ce n'est pas spécialement le genre de personne que j'aime et que je côtoie d'habitude, avec elle c'est différent. Elle apporte de la gaieté et j'adore être avec elle. C'est une personne loyale, intelligente, qui, malgré son humour – parfois un peu lourd et puéril – sait être sérieuse et droite. C'est une amie que j'aurais adoré rencontrer plus jeune parce qu'elle m'aide à relativiser beaucoup de choses et à voir le monde différemment.

– En vrai, je suis sûre que tu aimes rester tard le soir au bureau. Ça te donne une excuse pour être seule avec lui.

Je glousse en secouant la tête, amusée.

Archibald Perkins est toujours le dernier à quitter l'immeuble, comme s'il n'avait aucune vie en dehors du boulot. Il passe son temps dans son bureau, les yeux rivés sur son ordinateur ou le téléphone à l'oreille. C'est donc naturellement que, lorsque je reste tard le soir, nous ne nous retrouvons qu'à deux à notre étage. Lui de son côté et moi du mien. Si je sors parfois me faire un café dans la salle de pause aménagée, lui ne bouge pas de sa pièce. La porte toujours ouverte, il ne lève jamais le nez de ses dossiers.

– Tu parles, il fait limite partie des meubles, je ne le remarque pas.

– À d'autres ! C'est pour ça que t'es si longue pour finir tes projets, tu passes ton temps à le mater de loin et tu te déconcentres.

– C'est clair que s'il y a bien une chose qu'on ne peut pas ignorer chez lui, c'est son physique. Si seulement il pouvait être aussi beau à l'intérieur qu'à l'extérieur.

À mon arrivée chez Patience, j'ai été surprise par la beauté saisissante de Perkins Junior, son regard sombre, sa mâchoire lisse, imberbe aux traits virils, son nez fin qui pointe légèrement vers le haut. Une coiffure toujours aussi irréprochable que ses costumes et ses chaussures cirées qui lui donnent une allure d'homme d'affaires redoutable. Moi qui suis du genre à trouver des défauts physiques sur chaque spécimen masculin que je croise, pour lui le coup de cœur visuel a été immédiat. Il m'a été difficile de l'ignorer. Mais bien sûr, ça s'arrête là, puisqu'il perd tout son attrait lorsqu'il ouvre la bouche et qu'il parle avec son arrogance légendaire.

– Je ne comprends pas comment une personne peut être aussi méprisante, soufflé-je. Ce mec est pourri et sans cœur.

– Il est perfectionniste, il aime le travail bien fait et les gens efficaces. Il a toujours voulu garder Patience en haut de l'échelle et prouver qu'il était aussi capable que son frère.

– D'après ce que j'ai entendu, il était nettement plus sympa.

James Perkins est l'aîné de la fratrie. S'il occupait le poste de directeur commercial avant Archibald, il a quitté la boîte mère il y a trois ans pour diriger une filiale à New York et ainsi étendre leurs produits. Apparemment, sous son autorité, l'ambiance à l'étage était totalement différente, plus joviale. Si l'efficacité était également au beau fixe, il était aussi possible d'aller prendre une pause-café sans se faire réprimander comme un enfant de 3 ans.

Alors que j'en connais un qui a-do-re sous-estimer le temps qu'on passe à bosser par rapport à celui où on boit du café.

– Je me demande bien comment il est dans le privé.

Je regrette immédiatement ma remarque lorsque je vois ma meilleure amie me lancer un regard empli de sous-entendus.

– Tu veux savoir s'il est dominant ?

– Espèce d'obsédée, gloussé-je.

– Moi, j'aimerais quand même savoir si son physique égale sa bi…

– Mais chut ! m'empressé-je de la couper en riant.

J'ai les joues qui chauffent immédiatement lorsque deux dames de l'âge de ma mère se retournent dans notre direction. Cette conversation n'est pas du tout discrète dans un lieu pareil.

– Ma théorie à moi, c'est qu'il doit combler un *petit* déficit avec son attitude.

– Tu sais ce qu'il te reste à faire : vérifier laquelle de nous deux a raison.

Le petit groupe de participantes commence à se replacer au centre, où la prof de Pilates va bientôt reprendre son cours. Je remets ma bouteille dans mon sac tandis qu'Isabelle range sa serviette.

– Pourquoi moi ?

– Parce que je te rappelle que *toi*, t'es libre.

Isabelle fréquente un type depuis quelques mois et je sais que, bien qu'elle ne me l'ait pas encore clairement annoncé, ça commence à être sérieux entre eux. Elle s'attache, je le vois. Elle a des étoiles plein les yeux quand elle parle de Josh. Ils se sont rencontrés alors qu'elle était tombée en panne en plein milieu de Chicago. Sa voiture a refusé de démarrer et, en parfait gentleman, il s'est arrêté et l'a aidée à pousser le véhicule sur le côté de la route. Il est resté avec elle jusqu'à ce que la dépanneuse arrive et a laissé son numéro sur le siège passager. Une rencontre comme dans les films, j'en ai été extrêmement jalouse lorsqu'elle me l'a racontée.

– Mais moi, je le déteste.

– Tu sais ce qu'on dit…

Je la suis jusqu'au centre de la pièce et nous nous installons sur nos tapis de sport, prêtes à reprendre la séance.

– La haine est la petite sœur de l'amour.

Elle me fait un clin d'œil lourd de sens et je hoquette de surprise.

Elle peut toujours rêver !

4

Je savais que cette journée n'allait pas du tout être bonne.

Déjà parce que je me suis réveillée en retard, c'est la première fois que ça m'arrive. Mais le retard chez Patience, qu'il soit répété ou unique, par accident ou volontaire, c'est à *bannir.*

Ensuite, je me suis rendu compte dans le métro – bien trop tard pour faire demi-tour – qu'un bouton de mon chemisier rouge à motifs floraux menaçait de lâcher. Le jour où je dois faire une présentation devant le grand chef, tous les dirigeants du groupe et les responsables. Évidemment.

Et ce n'est pas le pire. Quand je suis arrivée à mon étage et que j'ai vu Perkins adossé à l'encadrement de la porte de son bureau, comme s'il m'attendait pour me tomber dessus, j'ai cru que j'allais faire pipi dans ma culotte. Il avait l'air beaucoup *trop* calme. Son regard indéchiffrable a suffi pour me faire perdre tous mes moyens. J'ai baissé la tête comme un chien pris sur le vif après une grosse bêtise, traversé la salle et je me suis réfugiée dans mon bureau.

Bien sûr, ça aurait été trop beau si ça s'était arrêté là. Si j'ai réussi à échapper à une remontrance de mon patron – un miracle ! –, je ne pense pas pouvoir me dérober à celle qui arrive dans quatre, trois, deux…

– Mademoiselle Barnett nous fait le plaisir de sa présence. Quel honneur !

Le ton est sec, ironique et glaçant. Pas un bruit dans la salle de réunion ne se fait entendre hormis les martèlements de mon cœur dans ma poitrine et mon souffle court. J'ai dû courir et dévaler quatre étages pour me rendre ici, où se trouvent tous ceux qui étaient conviés à la présentation des responsables du département commercial et marketing. Je dois avoir une tête de folle, avec mes cheveux que je sens s'échapper de mon chignon. Et mon chemisier me colle au dos. Il ne manque personne, pas même Tess Lewis qui m'épie de son œil moqueur, un sourire en coin. Je lorgne la jeune femme brune, un rictus mauvais sur son visage.

Je suis sûre qu'elle l'a fait exprès. J'aurais dû vérifier l'heure de la réunion avant de me plonger à nouveau dans l'étude de marché qu'on venait de m'envoyer. Nous avons toutes les deux le même poste, rien d'étonnant vu la taille de Patience, mais au lieu de m'aider sur les projets, elle préfère me mettre des bâtons dans les roues pour me discréditer. Moi qui pensais, quand je suis arrivée dans la boîte, trouver une collègue avec qui se serrer les coudes, proposer des travaux communs… J'ai vite déchanté. Du haut de ses 32 ans, elle s'est rapidement révélée être une femme antipathique, compétitive et opportuniste. Tout ce que je déteste dans le monde du travail et qui n'a pas lieu d'être dans cette entreprise qui nécessite un esprit d'équipe plutôt qu'une course personnelle à la victoire.

– Asseyez-vous, mademoiselle, ajoute gentiment André Perkins, le P.-D.G.

Il est à l'opposé de son fils. Je me demande comment c'est possible d'avoir fait une progéniture aussi froide alors qu'il est si bienveillant. Si physiquement ils détiennent la même beauté légendaire – qui doit être un trait de famille –, ils n'ont pas le même sens du relationnel. L'un est courtois, humble et poli, l'autre est rustre, hautain et dédaigneux.

– Veuillez m'excuser pour ce retard.

La voix chevrotante, je contourne la table ronde pour m'asseoir à côté d'Isabelle.

– Si seulement il n'y avait que celui-là, entends-je Archibald répliquer avec sarcasme.

Je ne relève pas et étale mes documents en face de moi. Je bouillonne. J'ai envie de lui hurler dessus, lui dire que c'est un sale con et qu'il traite ses employés comme des sous-merdes, alors que c'est lui, la grosse…

– Qu'est-ce qu'il s'est passé ? chuchote Isa à ma gauche, me sortant de mes pensées.

– J'ai pas été prévenue que la réunion avait été décalée.

– Je suis désolée, j'aurais dû t'appeler.

– Ce n'est pas de ta faute, c'est l'autre peste.

– Bien ! annonce André Perkins. Nous allons pouvoir commencer.

Je me redresse sur ma chaise, m'éloignant quelque peu d'Isabelle. Il ne manquerait plus qu'on nous surprenne à bavarder, ce serait la cerise sur le gâteau. Il y en a un qui ne se priverait pas de nous engueuler comme des enfants.

Comme il aime si bien faire.

– Ne me dis pas que Tess t'a fait croire qu'elle était maintenue à l'heure ?

Je n'ai qu'à lancer un coup d'œil à ma meilleure amie pour qu'elle comprenne. Nous entretenons des relations très conflictuelles avec Tess. Elle n'a jamais eu de geste cordial envers moi. Si je peux gérer l'attitude méprisante de Perkins, avoir une collègue qui me poignarde dans le dos, c'est autre chose.

– La garce, gronde Isabelle.

***

Une heure que chaque responsable passe un par un pour exposer ses propositions et ébauches. Assis en bout de table, Perkins père et fils, ainsi que Dawson, le directeur financier – accessoirement le chef d'Isa –, écoutent attentivement les présentations. Je reste stoïque sur ma chaise, n'essayant même pas un coup d'œil à ma droite, de peur de rencontrer des yeux sombres et glaciaux qui me fusilleraient du regard.

– Mademoiselle Barnett, c'est à votre tour.

C'est le P.-D.G. qui a parlé, sa voix douce me donne du courage. Je récupère toutes mes feuilles en face de moi et me lève. J'avance doucement jusqu'au bout de la table ronde, lorgnant discrètement l'épingle (que j'ai réussi à trouver au fond de mon tiroir) qui retient les pans de ma chemise pour vérifier qu'elle est toujours là. Si le bouton me fait défaut, au moins j'ai une porte de secours.

Je lève la tête et rencontre une vingtaine de paires d'yeux braquées sur moi. Je souffle puis commence ma présentation, ne montrant pas une seule seconde ma nervosité.

Personne n'ira vérifier si j'ai les mains moites.

Je réussis à captiver mon auditoire. Tout le monde suit mes mouvements du regard, certains acquiescent à mes recommandations, d'autres semblent surpris par quelques-unes de mes suggestions et analyses. Bref, je suis assez fière de moi lorsque je prononce le dernier mot de ma présentation.

La bouche légèrement pâteuse, je tente de déglutir pour humidifier le fond de ma gorge sèche. Comme mes collègues avant moi, j'attends, debout devant la table, les remarques des directeurs sur ce que je viens d'énoncer.

– C'était très pertinent, mademoiselle Barnett. J'ai particulièrement apprécié votre dernier tableau, commence Dawson.

– Et puis, il y a des éléments qui n'avaient pas du tout été exploités par Mlle Lewis, ajoute Perkins Senior.

Je retiens le sourire satisfait qui menace d'étirer mes lèvres. Sans même la voir, je peux aisément imaginer la mine énervée de Tess à ma gauche.

Dans les dents !

– Ça manque de fond, contre Archibald Perkins. Il n'y a pas assez de données sur ce que vous avancez. Vous ne pouvez pas prétendre être responsable marketing sans vous appuyer sur des chiffres concrets et pertinents. Je ne vous demande pas de recopier les premières informations que vous trouvez sur Wikipédia, ça, n'importe qui est capable de le faire.

Le souffle me manque et toute la joie d'avoir un avantage sur ma collègue s'évapore.

Est-ce qu'il était obligé de me faire passer pour une débutante devant tout le monde ?! Mon Dieu, mais il n'y a vraiment personne pour lui dire que c'est un connard ?

Certes, il n'a pas été tendre non plus avec mes collègues, c'est sûr. Mais de là à me faire comprendre que mon travail est du simple copier-coller, c'est un manque de respect. Je fulmine, n'osant pas me défendre alors que tout le monde me scrute dans un silence lourd. Je rêve de l'envoyer se faire foutre, et bien profondément, mais je sais qu'une remarque déplacée et il peut mettre fin à ma carrière. C'est mon chef, quand bien même il me parle comme à un chien, il a le pouvoir de rompre mon contrat pour n'importe quelle excuse qu'il jugera justifiée. Et l'insulter devant la moitié de ses associés est de loin le meilleur argument que je peux lui fournir.

– Il est vrai que ça manque peut-être de quelques chiffres dans les analyses. Mais c'est audacieux, ça peut être fructueux et ça me semble tout à fait réalisable si les statistiques fournies sont bonnes, ajoute Dawson, les yeux rivés sur ses notes.

Je le remercie silencieusement d'un hochement de tête et tourne prudemment le regard en direction d'Archibald. Il fixe un point imaginaire au niveau de ses mains et ne prête pas attention à moi. Il m'a sûrement assez discréditée, selon lui. Voyant qu'il ne souhaite pas prendre à nouveau la parole, son père déclare la réunion terminée et nous souhaite une bonne journée.

C'est dans un bruissement de chaises et dans des conversations animées que tout le monde sort de la grande salle. Isabelle sur mes talons, je m'apprête à m'échapper de la pièce, soulagée d'en avoir terminé et de pouvoir enfin respirer normalement, quand une voix dans mon dos m'arrête.

– Mademoiselle Barnett.

Isabelle pose sa main sur mon épaule pour me donner du courage et me sourit gentiment.

– On se voit à midi.

Elle me contourne puis disparaît dans l'angle du couloir, me laissant seule avec Perkins Junior. Malgré les vitres qui entourent la salle de conférence et ma proximité avec la porte, j'ai l'impression d'étouffer. Je secoue discrètement mon chemisier pour me ventiler et me retourne en direction de mon boss. Il range les feuilles en face de lui et ne daigne même pas lever un œil vers moi.

– C'était bon.

Je me retiens de lui dire qu'il n'a pourtant pas jugé nécessaire de me complimenter devant ses collègues et me pince les lèvres. Il redresse la tête et plonge son regard sombre, entouré de longs cils bruns, dans le mien.

– Votre présentation, ajoute-t-il.

Comme si une confusion avec autre chose était possible.

– Mais je vous rappelle que vous êtes sous mes ordres. Quoi que mes confrères en disent, j'ai le dernier mot. Que ce soit réalisable ou non selon les prévisions. Il manque des données. Alors approfondissez.

Cela m'aurait étonné qu'il n'y ait pas de « mais ».

– C'est entendu. Ce n'était qu'une ébauche, je comptais…

– Faites ce que vous avez à faire. Je veux du concret, pas du brouillon, déclare-t-il sèchement sans me laisser le temps de poursuivre ma phrase.

Mon sang ne fait qu'un tour. Je déteste sa manière de me manquer de respect à chaque fois qu'il ouvre la bouche. Mais je me répète mon mantra : c'est mon patron et je lui dois le respect. Même si je rêve de lui arracher ses cheveux impeccablement plaqués en arrière, d'attraper sa chemise parfaite et de la déchirer.

Je veux juste faire disparaître la suffisance de ses traits. Et à poil, il ferait certainement moins le malin.

Bon, cette dernière idée ne serait peut-être pas la meilleure. Elle pourrait être mal interprétée.

– En revanche, vos retards, c'est la dernière fois.

Je prends sur moi et ne réponds pas. Le visage le plus impassible possible pour ne pas lui montrer la colère qui me brûle le nez.

Ton patron, Aprile.

– Et pour l'amour du ciel, reprend-il en s'avançant jusqu'à l'encadrement de la porte où je me situe.

Il n'a pas énormément d'espace pour se glisser sans me frôler. Pour autant, je reste plantée là, à attendre qu'il tente une sortie. Il ne se démonte pas et s'arrête devant moi, son torse est à quelques centimètres de ma poitrine. Le sommet de mon crâne arrive pile au niveau de son menton et j'ose, dans une envie soudaine de défi, lever la tête dans sa direction. Il me fixe, une lueur étrange dans le regard, les lèvres entrouvertes, et gronde :

– Fermez ce bouton !

Il s'éloigne dans un nuage de parfum boisé, me laissant pantoise. Je lance un coup d'œil à mon chemisier et ce que je redoutais le plus se matérialise devant moi. L'épingle ainsi que le bouton ont lâché. La dentelle de mon soutien-gorge bordeaux apparaît dans le petit trou de tissu.

La question à un million est : depuis quand j'ai la poitrine découverte ?

5

Grande adepte du poisson d'avril depuis des années, je n'ai jamais manqué cette date pour faire une blague à mes proches. C'est *la* tradition chez les Barnett : celui qui réussit son tour réussit son année ! Même si chaque premier avril c'est le même cinéma, au moins un membre de mon entourage tombe dans le panneau. L'an dernier, c'était ma mère, qui a cru June lorsqu'elle lui a dit s'être fait percer le téton. À l'autre bout du continent, elle ne pouvait pas vérifier les dires de ma sœur. Elle s'est fait avoir comme une débutante, bien trop aveuglée par son aversion pour les tatouages et les piercings pour réfléchir quelques secondes à la probabilité que l'information soit vraie. Ou pour regarder la date du calendrier…

Si avec Isabelle j'ai souvent joué la carte de la farce, cette année j'ai voulu innover. Fini les beignets à la mayonnaise plutôt qu'à la crème, le café au piment ou la langue chinoise activée sur l'ordinateur. Non, je voulais quelque chose de plus marquant. De plus *improbable*.

Et on dit souvent que plus le mensonge est gros, plus il est facile à croire. J'étais persuadée que c'était faux, jusqu'à maintenant.

– Il a quoi ?

La porte claque derrière ma meilleure amie, ce qui a pour effet de me faire pratiquement bondir de ma chaise. Je ne l'ai pas vue arriver dans mon bureau. Elle semble être aussi surexcitée que choquée. Ses joues sont rouges, son souffle est irrégulier.

– T'as pris l'escalier ?

Elle ne répond pas et me fixe, les poings sur les hanches.

Je lance un coup d'œil en direction du bureau de M. Perkins, afin de vérifier qu'il est bien au téléphone avec l'un de nos partenaires que j'ai basculé sur sa ligne quelques minutes auparavant. Puis je m'assure que la lumière rouge clignote toujours de mon côté, que le combiné de mon téléphone est bien décroché du socle et surtout qu'il est en pause. Tout semble correct et mon patron n'a pas l'air d'avoir remarqué l'arrivée d'Isabelle. Heureusement. Je n'ai clairement pas envie d'essuyer une nouvelle remarque sur mes pauses ou mon travail bâclé.

– Comme je te l'ai dit par message, nous n'avons pas su nous contrôler, éludé-je.

– Nous ? Mais attends, on parle bien du même homme ?

J'acquiesce, retenant mon rire devant la crédulité de mon amie. Comment est-ce qu'elle peut marcher dans une blague aussi grotesque alors que dimanche encore je lui disais ô combien je le détestais ? Rien que d'imaginer que mon histoire puisse être vraie, j'en frissonne.

De dégoût, bien sûr.

– On parle de celui qui te fait rester jusqu'à pas d'heure le soir ?

Je hoche la tête.

– Qui ne te remercie pas pour ton travail ? Qui te traite comme une incompétente ? Qui te parle comme si t'étais une merde ?

– C'est bon, j'ai compris, merci.

J'étudie Isabelle un instant, elle fait les cent pas devant la verrière, les mains toujours sur les hanches. Elle s'arrête dans l'angle, fixe un point au loin puis reporte son attention sur mon bureau. Son excitation semble s'être calmée, elle s'approche de la chaise en face de moi et pose ses deux mains manucurées de rouge sur le dossier.

– Et t'as réagi comment quand il t'a plaquée contre le mur des archives pour te rouler une galoche ?

J'explose de rire, plus devant l'expression qu'elle emploie que pour sa naïveté. Elle devrait me connaître, savoir que je mens. Comment fait-elle encore pour ne pas comprendre la supercherie ?

– Eh bah, j'étais contente !

– Contente ? tonne-t-elle. « Contente », c'est quand on ouvre un cadeau qu'on veut depuis des mois. « Contente », c'est quand on va se faire masser dans un institut. Mais on n'est pas « contente » quand on se fait prendre par un mec.

– Parle moins fort, la reprends-je. Déjà, je ne me suis pas fait *prendre*, comme tu dis. Et ensuite, je n'ai pas envie que tout le service sache que j'ai…

– … embrassé Archibald Perkins ? Tu m'étonnes. Ils te tueraient de jalousie, ajoute-t-elle en gloussant.

Je lance un énième coup d'œil en direction de mon patron, qui a toujours son téléphone contre l'oreille. Il a la tête baissée et semble écouter attentivement ce que son interlocuteur lui dit, un semblant de sourire sur le coin de ses lèvres.

– C'était comment ? Mouillé ? Chaud ? ajoute-t-elle sans me laisser le temps d'en placer une.

Je suis une piètre menteuse, je sais très bien qu'elle va finir par comprendre que c'est une blague à partir du moment où je vais lui donner des détails. C'est bien pour ça que j'ai préféré faire ça par texto, au moins elle ne voyait pas mon visage rougir ou mes yeux fuyants. Sauf que je n'avais pas prévu qu'elle débarque dans le bureau pour quémander des infos supplémentaires. Pourquoi est-ce qu'elle veut autant de détails ? Je pensais pourtant lui en avoir donné assez.

– Je suis sûre que t'as mis la langue, ajoute ma meilleure amie. Il t'a caressée ? Et toi, t'as touché un peu le paquet ?

– Mais t'as pas un peu fini avec toutes ces questions ? contré-je en gloussant.

– Fais pas la sainte-nitouche. Il est comment ?

Je ne me laisse pas démonter, je n'ai pas envie de lui avouer maintenant que c'est un poisson d'avril. J'ai envie de la faire mariner encore un peu. Ça sera bien plus drôle de voir sa tête ce soir quand je lui annoncerai la supercherie (si elle ne le devine pas avant). Je croise les bras et m'enfonce dans mon siège de bureau.

– Eh bien, commencé-je, un brin joueuse. Il sait y faire, c'est certain. Il me touchait là où il fallait. Et il est vraiment bien foutu.

Perkins est un bel homme, grand et bien bâti. Ce n'est pas difficile d'imaginer ce qui se cache sous ses couches de vêtements. Ses épaules sont larges, c'est un fait. On perçoit souvent des pectoraux bombés sous ses chemises. Son pantalon lui tombe parfaitement sur les hanches et moule ses cuisses athlétiques. Quant à son fessier, il paraît assez ferme et a une belle forme. *Bien sûr, celui-là, je l'ai regardé par inadvertance...*

– Qui avait raison concernant la théorie ?

– La théorie ? répété-je.

– Tu sais...

Elle se contente de montrer d'un geste de main la partie qui se trouve entre ses cuisses. Il ne m'en faut pas plus pour comprendre quelle information elle cherche. Si je lui dis que j'ai raison et qu'il a une toute petite queue – facile à deviner, avec un ego pareil il n'y a plus de place nulle part –, elle va comprendre que je mens. Alors, pour lui faire plaisir, et dans un effort surhumain, je lui balance :

– Toi. Elle est énorme. Un manche. Une troisième jambe.

Un silence de plomb s'abat dans la pièce.

Est-ce que j'en fais trop ?

– Je le savais, s'exclame Isabelle, fière d'avoir vu juste.

Ma meilleure amie se redresse et frotte sa jupe pour lui redonner une forme, tandis que je me laisse aller dans mon siège, soulagée.

Je m'en suis plutôt bien sortie.

– T'es une sacrée coquine, quand même. Je m'en doutais que tu ne rêvais que de ça, de batifoler avec Perkins Junior. Et dans les archives...

Je fixe Isa qui s'avance jusqu'à la porte, elle sourit plus qu'il n'en faut tout à coup. Et j'ai le pressentiment que quelque chose cloche.

– J'y vais, j'ai du travail. Bonne journée !

Dans un courant d'air, elle ouvre la porte et disparaît à la vitesse de l'éclair, me laissant seule dans mon bureau. La blague a bien fonctionné, mais j'ai une désagréable sensation dans la gorge maintenant qu'Isa n'est plus là.

J'avance mon siège pour m'approcher davantage de mon ordinateur et après quelques secondes à parcourir l'écran, un détail m'interpelle.

Oh, merde.

Fébrile, je tente un regard en direction du socle de mon téléphone, qui est déposé à côté. Jusque-là, rien d'anormal. En revanche, mon cœur rate un battement lorsque je constate que le clignotant dudit socle n'est plus allumé.

Intérieurement, j'ai envie de me dire qu'il déconne, sauf que je sais qu'il n'y a aucun souci technique. Non, par contre, je n'ose pas du tout tourner la tête en direction du bureau de M. Perkins, parce qu'il va être *là*, le souci.

Putain. De. Merde.

La main tremblante, j'attrape le combiné et le porte à mon oreille, priant tous les dieux de l'Univers pour un miracle.

– J'étais loin d'imaginer que, lorsque vous ne faisiez pas semblant de travailler, vous rêviez de *mes* mains sur votre corps, mademoiselle Barnett.

La voix n'est pas glaciale, pas dédaigneuse, mais elle est rauque et sourde. Comme si le téléphone calfeutrait le son réel.

Prise de panique, j'ai pour seul réflexe de raccrocher.

C'est la merde. Putain de karma.

6

Je monte les escaliers, deux marches à la fois, le souffle court et mon portable dans les mains.

Il me faut de l'air, vite !

Je pousse la lourde porte qui mène au toit de l'immeuble et avance jusqu'aux parapets. Il fait nettement plus frais en hauteur mais ça fait un bien fou de respirer. J'entends des pas derrière moi et je n'ai pas besoin de me retourner pour savoir de qui il s'agit.

– T'es au courant que je vais me faire virer ?

– Mais non, ne dramatise pas non plus. C'était une blague, me rassure Isabelle en se postant à ma droite.

Elle a toujours un sourire plaqué sur le visage malgré la situation. Je pense qu'elle ne se rend pas du tout compte de ce qu'elle a fait.

– Tu savais depuis combien de temps qu'il écoutait ?

– Au moment où t'as parlé de manche, je crois.

Appuyée sur les coudes, je cache mon visage dans mes mains en soupirant de honte.

– C'est un cauchemar.

Isa me frictionne le dos pour me rassurer.

– C'est le pire poisson d'avril de toute ma vie.

– Ah ça… glousse-t-elle.

– Tu vas me le payer, tu le sais ? ajouté-je en lui lançant un coup d'œil noir.

Malgré mes menaces, son visage est toujours gai.

– Il va te virer pour quel motif, tu m'expliques ?

– Pour diffamation.

– T'as pas porté atteinte à son honneur, à ce que je sache. Au contraire... Tu l'as plutôt vanté.

Je ne peux retenir un rire. C'est vrai qu'elle n'a pas tort, sur ce coup. Comment pourrait-il justifier mon licenciement ? Par contre, je suis clairement bonne pour redoubler d'efforts au niveau de mon efficacité et être irréprochable dans les prochains mois. Voire années. Il ne va plus jamais rien laisser passer. Quelle idée j'ai eue de faire cette blague ?

Mon Dieu, je suis stupide !

– Pourquoi t'as fait ça ? demandé-je dans une plainte.

– J'ai pas réfléchi... Quand j'ai compris que c'était une blague, j'étais dégoûtée et j'ai voulu me venger.

Elle s'accoude sur la rambarde et me regarde, soudainement peinée.

– Je suis vraiment désolée, sur le moment ça paraissait drôle. J'ai vu qu'il n'était plus en ligne, alors je me suis dit que...

Elle se tait et nous restons silencieuses un instant. Je ne lui en veux pas, sur le coup l'idée devait être hilarante. J'en aurais ri si ça ne m'était pas arrivé à moi.

– T'en fais pas, la rassuré-je. Tu vas juste me payer toutes les prochaines sorties, les restaurants, les activités.

– Tout ça ? Non, proteste-t-elle. Va pour les verres.

– Et toutes les séances de sport que tu m'obliges à faire !

– Vendu !

Je soupire et fixe les immeubles de Chicago qui s'élèvent devant nous. J'aime, de temps en temps, monter ici pour me couper du monde extérieur et m'isoler. Malgré les sons de la vie dans les rues, je trouve ça plutôt silencieux. C'est apaisant de voir au-dessus d'une ville l'étendue et l'immensité.

– Allez, retournons travailler. Tu ne vas pas te cacher ici indéfiniment.

– Je peux peut-être partir discrètement par là ?

D'un signe de tête, je montre le vide. Isa éclate de rire et m'attrape par les épaules pour me faire avancer jusqu'à la porte de l'immeuble.

– Il est seize heures, je récupère mon sac et je rentre chez moi. Hors de question que je reste ici, annoncé-je, déterminée.

***

Je verse du vin dans un verre puis étudie la bouteille pleine comme s'il s'agissait d'une merveille.

Pourquoi ne me contenter que d'un verre après la journée que je viens de passer ?

Je prends les deux contenants et m'affale dans mon canapé, mon ordinateur sur la table basse, une fenêtre Skype ouverte.

– Je te jure, je me sens tellement mal.

Un rire me parvient de l'autre côté de l'écran.

– Arrête de te moquer, c'est pas drôle.

– Oh, si ! ajoute ma sœur. C'est hilarant.

– Qu'est-ce qui est hilarant ? entends-je derrière June.

– Aprile a fait un poisson d'avril à Isa, mais au final son patron a tout entendu.

– Et alors ?

– C'était sur lui, ajoute ma sœur, debout à côté d'elle.

Je n'ai pas besoin de voir sa tête pour savoir que lui aussi trouve ça très amusant. Il n'a jamais réellement compris nos délires de faire des blagues chaque premier avril. Mais en entrant dans la famille, il a bien dû s'y résigner et même y participer.

– Détends-toi, si t'étais sur la sellette à cause de ça, tu le saurais déjà.

– Mais oui, ce n'est qu'une blague, ajoute Charly tout en s'éloignant.

Sceptique, je reste silencieuse. J'ai totalement fui le

bureau sans même me retourner. J'ai suivi Isabelle jusqu'à l'intérieur de l'immeuble puis je suis allée récupérer mes affaires, avant de quitter le bâtiment en rasant les murs. Je n'ai même pas fait attention si Perkins était dans les parages. Et s'il y avait été, il ne s'est pas fait remarquer.

Il attend sûrement le bon moment pour me tomber dessus.

Je n'ai même plus envie d'aller au boulot demain, je vais m'en prendre plein la gueule…

– Comment vont les jumelles ? demandé-je pour changer de sujet.

– Charly les fait manger.

June lance un coup d'œil par-dessus son épaule pour accentuer ses propos. J'examine l'immense cadre représentant un paysage des côtes normandes accroché au mur derrière elle. Elle l'a acheté lors de son voyage de noces en France. J'ai toujours rêvé de traverser l'Atlantique aussi et de visiter ce merveilleux pays, qu'elle m'a décrit comme étant un endroit magnifique.

– Et t'as pas oublié pour samedi soir ? renchérit-elle lorsqu'elle reporte son attention sur la caméra de son ordinateur.

Je ne mets pas longtemps à me souvenir du fameux rendez-vous arrangé avec le divorcé. Ça m'était totalement sorti de l'esprit, avec tout ce que j'ai à faire au boulot et ce qu'il vient de se passer. J'avais clairement zappé ce dîner.

– Ça va être sympa, ajoute-t-elle sans attendre ma réponse.

– Sympa, je ne sais pas, mais au moins ça me changera les idées.

Le son d'un nouveau mail attire mon attention. Il est du bureau et je sens mon cœur s'emballer lorsque je remarque l'objet du message. C'est à l'intention de tous les responsables, une réunion est prévue demain matin pour annoncer une information importante.

– Merde, soupiré-je.

– Quoi ? questionne June, inquiète de mon ton dépité.

– J'ai un meeting demain.
– Tu crois que c'est à cause de toi ?
– Je n'en ai aucune idée.

Rien n'indique le contenu de cette information importante. C'est un message succinct, bref et sans détail, mais ça semble sérieux. Et soudainement, j'ai la désagréable sensation que Perkins prépare un coup foireux pour me foutre la honte devant tous mes collègues… juste pour me discréditer.

Ce serait pire qu'un licenciement.

Et il en serait bien capable.

7

La nouvelle est tombée, et j'en suis sans voix. Les mains qui tremblent encore et le dos moite, je fixe d'un œil absent la salle de réunion qui se vide peu à peu.

– Alors là ! C'était une annonce inespérée.

Isabelle se lève de sa chaise tandis que je l'imite à mon tour. Elle paraît tout aussi surprise que moi. Il faut dire que je n'ai pas hésité à lui transmettre mon stress ce matin en arrivant au bureau. Je m'attendais à faire mes cartons, ou à me faire humilier devant tous mes collègues. Il me fallait bien du soutien.

Pourtant, pas une seule fois Perkins n'a fait référence à ce qu'il a entendu au téléphone. À notre plus grand étonnement, il a été égal à lui-même. Même lorsqu'il a annoncé qui serait chargé du lancement de la nouvelle crème Sweet Patience.

Moi.

Moins d'un an que je suis ici, et je suis déjà responsable d'un nouveau projet.

Un projet *entier*.

J'étais persuadée que c'était Tess qui allait obtenir le dossier. Elle semblait avoir gagné les bonnes grâces d'André Perkins, ainsi que – étonnamment – celles de son fils depuis quelques semaines. Tout le monde savait qu'elle était en lice et bien partie pour remporter le lancement du produit. Alors que moi ? Je suis trop jeune, pas assez expérimentée, et je commence tout juste à faire mes preuves.

– T'as vu sa tête à l'autre garce quand ils t'ont nommée ?! Ça a dû lui faire les pieds !

Isa ricane discrètement et s'avance jusqu'à la porte. J'ai du mal à faire le tri des pensées qui se bousculent dans ma tête. J'ai le cœur encore au bord des lèvres, j'ai envie de pleurer, de rire, de sauter de joie, de m'effondrer sur le sol.

– Mademoiselle Barnett.

Je me retourne vers André Perkins après avoir fait un rapide geste à Isabelle qui quitte la salle sans moi. Le sourire qu'il me lance au moment où je m'approche de lui réduit à néant mes craintes. Son regard est rassurant et la joie se répand enfin dans tous mes membres.

– J'ai conscience que vous ne vous attendiez pas à une telle annonce.

Sans blague.

Son fils se place juste derrière lui sans nous regarder, mais ses lèvres s'étirent. Son visage arbore à nouveau un air fier et arrogant. Ce même air qu'il a affiché, les yeux ancrés dans les miens, lorsqu'il m'a nommée chef du projet, devant l'étonnement de tous. Il devait pertinemment savoir l'état dans lequel je me trouvais depuis mon arrivée ce matin, imaginant mille et un scénarios sur cette réunion inattendue. Je sais qu'il jubilait de la situation et qu'il s'en amusait puisqu'il n'a pas hésité à répéter à Dawson que du changement allait être fait, et ce, alors que je marchais juste devant eux pour rejoindre la salle de réunion.

Ce mec est détestable. Parce qu'à cause de lui, j'étais persuadée de me faire jeter comme une vieille chaussette devant absolument tous les employés du groupe.

– Je vous avoue que j'ai été surprise, mais je vous remercie infiniment de l'opportunité que vous m'offrez, confié-je.

– C'est tout à fait normal. Vous nous avez prouvé, depuis que vous êtes parmi nous, que vous êtes compétente. Nous voulions…

Le P.-D.G. s'arrête une fraction de seconde et lance un coup d'œil à l'intention de son fils derrière son épaule. Ce dernier reste de marbre, les bras croisés, tout en fixant son père.

– Nous voulions vous montrer que nous croyons en vous et en votre capacité à gérer ce nouveau projet. Vous êtes jeune, vous avez un regard neuf et vous avez soif de réussir. Il vous suffit de nous prouver que nous avons raison d'y croire.

Le « nous » me donne presque envie de rire. Rien dans le comportement de Perkins Junior ces derniers mois n'indique une quelconque confiance envers mon travail. Ça me paraît évident que la décision ne vient pas directement de lui et qu'il a dû se plier à ce que son père voulait. Et je ressens à moitié de la satisfaction à cette pensée. Il doit être dégoûté, autant que Tess.

C'est mal de se moquer. Mais ça fait du bien.

Surtout quand il s'agit de personnes aussi détestables qu'eux.

– Je ne vous décevrai pas.

– Je n'en doute pas, ajoute André en posant sa main sur mon épaule.

Il me contourne, puis, arrivé dans l'encadrement de la porte, il ajoute :

– Nous sommes ravis de vous avoir parmi nous. Passez une belle journée, mademoiselle Barnett.

L'excitation a pris le dessus sur la nervosité et je hoche la tête pour le remercier une nouvelle fois, tout sourire.

– Vous aussi, monsieur Perkins.

Le grand patron disparaît dans le couloir et je décide de le suivre. Deux, trois collègues à moi qui se trouvent encore dans la salle de réunion m'arrêtent dans ma lancée pour me féliciter de l'opportunité qui m'a été offerte. Avant que je franchisse la porte, une présence se manifeste dans mon dos et me fait m'arrêter net. Elle est grande, chaude, et l'odeur qui m'enveloppe me fait tressaillir.

– Ne prenez pas au mot tout ce que mon père vous a dit.

L'intonation insolente de sa voix et sa condescendance me compriment l'estomac. Si seulement il pouvait se taire, ça éviterait à mon corps les montagnes russes, tantôt chaud et tantôt glacial.

– Vous êtes certes compétente, mais là, c'est un nouveau projet. Rien à voir avec ce que vous faites d'habitude, avec vos petites analyses.

– Merci pour votre remarque, j'en prends note.

J'esquisse un faux sourire qui ne semble pas lui échapper car il fronce les sourcils en m'étudiant en silence, la mâchoire serrée. Il paraît tiraillé entre l'envie de me hurler dessus, de ne rien ajouter du tout ou… de m'étrangler ?

– Je ne vous demande pas de prendre note, ajoute-t-il froidement. Mais de travailler. Vous devez tout concevoir de A à Z, vous partez de zéro. Ne me faites pas regretter mon choix.

Puis, dans un courant d'air, il me contourne et disparaît à grandes enjambées.

Mon cœur s'arrête.

Mon choix ?

***

– Dépêchez-vous, je n'ai pas que ça à faire, aboie une voix dans mon oreille.

Puis la sonnerie de fin d'appel retentit dans mon oreille. Énervée, le souffle court et le cœur battant, je pénètre à nouveau dans le Barco où une dizaine de collègues sont venus fêter avec moi ma promotion. Isabelle voulait absolument trinquer à la nouvelle responsable du lancement de la crème Sweet Patience. Mais j'aurais dû me méfier, la soirée était trop belle pour durer… Je peine à retrouver mon amie parmi la foule mais finis néanmoins par mettre la main dessus après avoir donné des coups d'épaule pour me frayer un chemin.

– C'était qui ?

– À ton avis, lancé-je agacée en récupérant mon sac à main sur la banquette. Il faut que j'y aille.

Des verres vides jonchent la table et pratiquement tout le monde est debout, se déhanchant et discutant malgré la musique assourdissante qui s'échappe des enceintes du bar.

– Il est neuf heures passées. Qu'est-ce qu'il te veut encore ?

Isa s'est rapprochée et elle semble aussi hors d'elle que moi.

– Il n'arrive pas à ouvrir le document que je lui ai envoyé tout à l'heure.

– Il est sérieux ? Il a deux mains gauches ou quoi ?

Je glousse et passe mon sac sur mon épaule.

– Et il ne peut pas demander à l'un des informaticiens de le faire ?

– À croire que non, il préfère me faire chier, moi.

– Mais quel emmerdeur, bougonne-t-elle.

Ça faisait une éternité que je n'étais pas sortie et ça me faisait un bien fou de me détendre avec mes collègues. Surtout pour fêter une si bonne nouvelle. Et il a fallu que Perkins s'en mêle et m'oblige à me rendre à nouveau au bureau.

– Tu reviens ?

– Ouais, je vais essayer de faire ça vite.

Je fais un signe de la main à Isa et quitte le Barco pour me diriger vers Patience. Je n'ai pas mangé et ma tête bourdonne légèrement à cause des cocktails que j'ai bus. Heureusement que l'immeuble est à quelques minutes de marche et que l'air frais éclaircit mes idées, parce que je me vois mal me présenter dans cet état devant Perkins.

Lorsque j'arrive au pied du building, j'en ai oublié tout agacement. À croire que marcher n'a pas eu l'effet escompté et que l'alcool a fait son chemin dans mes veines. Je me sens gaie et pleine d'assurance. Mes joues chauffent encore et j'ouvre mon manteau comme si c'était normal d'être simplement vêtue d'un léger débardeur au mois d'avril.

Tandis que je pénètre dans le hall et m'avance jusqu'aux ascenseurs, je glousse toute seule en imaginant mille et un scénarios dans ma tête pour rembarrer Archibald Perkins. Je pourrais bien le laisser se démerder avec son problème et retourner à ma soirée. Nombre de mes collègues auraient prétexté ne pas être en mesure de se déplacer, à ma place. Mais lorsque les portes s'ouvrent à mon étage, je me dis que quitte à être là, autant faire ce qu'il me demande.

Tu es bien trop gentille, Aprile.

Je traverse la longue pièce éclairée par les lumières de sécurité et me dirige vers mon bureau. Je dépose mon manteau sur la chaise et pianote sur le clavier pour allumer l'ordinateur. J'extrais le fichier *si important* qu'il faut *absolument* ce soir et le télécharge sur une clé USB.

Un silence de mort règne dans les locaux, j'entends seulement mon cœur taper contre ma cage thoracique et mes oreilles bourdonner. C'est certain qu'il va voir que j'ai bu, c'est impossible de passer à côté.

Je dois sentir le rhum à des kilomètres.

Je renifle rapidement mes aisselles, tentant de m'assurer qu'en prime je ne sens pas la transpiration, puis glisse mes doigts dans mes cheveux bruns pour les brosser un peu. Je tapote mes joues pour me réveiller et souffle dans ma main pour respirer mon haleine.

Ça fera l'affaire !

La porte de son bureau est fermée. Je frappe doucement contre la paroi et une voix grave m'invite à entrer.

Une odeur de bois, de propre et un parfum reconnaissable entre mille me montent à la tête.

Je n'ai pas le temps de mettre un pied dans la pièce que son regard dur se pose sur moi. Il est assis derrière une grande table en verre. Malgré l'énorme ordinateur qui trône au centre, je ne vois que lui. Il a ôté sa veste de costume, sa chemise est retroussée sur ses avant-bras et il a enlevé sa cravate. Ses cheveux sont toujours impeccablement coiffés en arrière, comme s'ils n'avaient pas subi une journée entière de travail.

Putain, je ne comprends pas comment un connard pareil peut être aussi beau.

– Il était temps.

Et aussi con.

Je me retiens difficilement de lui hurler dessus. Je ne dois surtout pas prendre la confiance, j'ai tendance à être beaucoup trop rebelle quand je bois.

– Je n'étais plus au bureau, lui indiqué-je.

Il le sait. Lorsqu'il m'a appelée, j'ai dû sortir pour l'entendre parler, il a bien compris que j'étais dans un bar et il était clairement agacé. Parce que ses employés se détendent ? Misère. Nous devrions être tous comme lui, attachés à notre siège nuit et jour, sans distraction. Je me racle la gorge et avance jusqu'à sa hauteur, essayant de ne pas trébucher avec mes talons.

Pourquoi le sol est si irrégulier ?

Je peine à faire bonne figure sous le poids de son regard inquisiteur. La pièce n'est pas énormément éclairée, rendant l'atmosphère lourde et pesante. Je me demande d'ailleurs comment il fait pour ne pas s'endormir.

Je retiens un gloussement et continue ma traversée. Arrivée au niveau de la table, je lui tends la clé USB, la main un peu fébrile.

– Qu'est-ce que vous voulez que j'en fasse ? me demande-t-il avec mépris.

Que vous vous la foutiez dans le cul ?

Je pouffe d'un seul coup comme une bécasse et porte ma main à ma bouche. Je me racle la gorge dans la seconde et reprends une contenance. Lui ne rigole pas du tout.

– J'ai dit quelque chose de drôle ?

Il me défie du regard. Il s'est avachi dans son fauteuil, les bras sur les accoudoirs. Je secoue la tête, tentant de contenir le nouveau fou rire qui menace de s'échapper.

Merde, calme-toi, Aprile. Inspire. Expire.

– Vous voulez que je vous la mette ?

Il pince les lèvres. Et je me gifle mentalement. La douche

froide est immédiate. Un silence lourd s'installe dans la pièce et il ne réagit pas. Il se contente de me fixer de ses pupilles sombres.

Foutu alcool.

– Pardon. Je vais vous transférer le document sur votre ordinateur.

Sans attendre quoi que ce soit de sa part, je contourne son bureau et me place à côté de lui. Je suis enveloppée de la chaleur qui émane de son corps et j'ai soudainement chaud. Il sent encore divinement bon, comme s'il s'était parfumé il y a à peine quelques minutes. J'en ai presque la tête qui tourne et je me concentre pour ne pas fléchir des genoux.

Manquerait plus que je m'étale sur son bureau.

Il ne s'est pas décalé et me laisse brancher la clé sur l'écran de son PC. Lorsque j'attrape la souris, mon avant-bras frôle malencontreusement le sien. Nus l'un comme l'autre. Des picotements se répandent sur ma peau et mon estomac se tord. Il s'éloigne brusquement et toussote.

Soudainement nerveuse, je n'ose pas lancer un coup d'œil dans sa direction et me concentre sur ce que je suis en train de faire. Absorbée par ma tâche, je ne remarque pas ma position. Le coude sur son bureau et la tête calée contre la paume de ma main, je suis presque allongée et quand je me redresse, une fois le document transféré, je constate que mon débardeur laisse apparaître la chute de mes reins. Pire encore, mon patron avait mes fesses enveloppées dans un jean sombre pratiquement sous le nez et les yeux loin d'être rivés à l'ordinateur.

– Voilà, soufflé-je, la voix pâteuse.

Il a vu que j'ai vu, et j'ai vu qu'il a vu. Il déglutit et s'enfonce dans son siège, mettant une meilleure distance entre nous.

– Bien.

Sa voix est rauque et son regard fuyant.

Il a l'air... gêné.

Cette constatation me surprend et une grande satisfaction gonfle dans ma poitrine. Je récupère la clé USB puis, sans m'éloigner de lui, cale ma hanche contre son bureau. Appuyée sur ma main, je lui demande d'une voix mielleuse et un sourire espiègle sur les lèvres :

– Ce sera tout, monsieur Perkins ?

Ma tentative pour le déstabiliser me fait plutôt passer pour une aguicheuse, mais je ne bouge pas, me sentant pousser des ailes en sachant qu'il y a quelques secondes il a perdu de son assurance légendaire. Son torse se soulève et il inspire. Ses yeux s'ancrent dans les miens et une lueur particulière traverse ses pupilles. Indéchiffrable. L'atmosphère change étrangement et je sens mon corps se tendre sous l'intensité qui s'en dégage. Pendant un instant, il paraît agité. Le regard trouble, son torse monte et descend irrégulièrement. Puis, soudainement et sans crier gare, il rompt le silence.

– Ce sera tout. Vous pouvez retourner à vos… occupations.

Il accentue le dernier mot d'un ton ironique.

Il a retrouvé son arrogance.

Pourtant, l'électricité dans l'air n'a pas diminué. Je me décolle de la table et tire sur mon débardeur pour le placer correctement sur mes hanches. Je surprends un léger coup d'œil de sa part sur la naissance de ma poitrine, m'obligeant à presser mes cuisses l'une contre l'autre afin de faire cesser la pression qui y naît. Sa mâchoire se crispe et dans un froncement de sourcils, il tourne la tête en direction de son PC, faisant fi de ma présence. Je fais volte-face et traverse la pièce en silence, accentuant volontairement le mouvement de mes hanches pour le taquiner, avec pour seul bruit mes talons qui claquent contre le sol et – j'en suis certaine – ses yeux braqués sur moi.

Je ferme la porte derrière moi sans me retourner et pose ma main contre ma poitrine, le cœur en tachycardie.

C'était quoi, ça ?

8

J'attrape un morceau de carotte et le croque à pleines dents.

– Pas touche ! râle June qui fait revenir des oignons dans une poêle.

– Mais je meurs de faim.

– T'es pire que les jumelles.

Je ris à sa pique et, pour la provoquer, mange à nouveau un bout de légume.

– J'en reviens pas que tu les aies couchées avant que j'arrive.

Ça fait plusieurs semaines que je n'ai pas vu mes nièces, hormis par Skype lorsque j'appelle ma sœur. Et je suis triste qu'à nouveau ce soir, elle ne m'ait pas laissé le temps de les voir. M'occuper d'elles aurait été un bon moyen pour échapper un temps à ce dîner. Si ce « non-rendez-vous arrangé » me faisait rire au début, ce soir il m'agace. Je suis fatiguée et j'aurais préféré passer ma soirée tranquille dans mon canapé, à rattraper mes heures de sommeil manquantes.

– T'avais qu'à venir plus tôt.

Je fais une grimace à June qui glousse.

– Il arrive quand, l'autre vieux gars ?

– Arrête de l'appeler comme ça. T'es aussi célibataire que lui.

– Mais je n'ai pas 32 ans, *moi*.

Amusée, ma sœur secoue la tête en pouffant.

– Ça sent divinement bon.

Charly entre dans la pièce avec deux bouteilles de vin dans les mains. Il a troqué son éternel pull-chemise pour un polo noir qui contraste avec ses cheveux blonds. Dire que ma sœur m'a fait la morale sur mon jean troué et mon chemisier bleu informe alors que je ne suis pas la seule à n'avoir fait aucun effort vestimentaire…

– Tu devrais en apporter une troisième, j'ai besoin de boire ce soir !

Il rit à ma remarque et s'avance jusqu'à sa femme pour l'embrasser sur le front. June est la seule qui a vraiment pris soin de s'habiller correctement. Elle a mis une robe bordeaux et s'est attaché les cheveux en une queue-de-cheval tirée dégageant son visage fin et ses yeux clairs. Si nous sommes aussi brunes l'une que l'autre et avons un physique similaire, elle a les yeux bleus de notre père, tandis que moi j'ai hérité ceux de notre mère, un mélange de vert et noisette. Son nez est plus fin que le mien et j'ai des lèvres plus pulpeuses.

– Elle a l'air de bonne humeur.

– *Elle* t'entend, répliqué-je.

Je sors le tire-bouchon et commence la merveilleuse tâche d'ouvrir les bouteilles.

– Wade est dans le milieu des cosmétiques, annonce June.

Concentrée sur mon affaire, je ne l'écoute que d'une oreille, mais elle ne semble pas s'en formaliser et continue :

– Si ça se trouve, tu l'as déjà rencontré.

– Je ne connais aucun Wade, déclaré-je.

– Il travaille dans quelle boîte, d'ailleurs ? demande June à son mari.

– Alors là, souffle Charly en ricanant. Il a dû me dire le nom à l'époque, mais je ne m'en souviens plus du tout. C'était pas trop mon délire, les cosmétiques. Je me souviens seulement que c'est son grand-père qui l'a fondée et qu'elle a énormément de succès.

Génial ! Voilà qu'ils veulent me présenter un mec bourré de fric qui doit son succès à papy et qui risque d'être aussi intéressant qu'une moule sur un rocher. S'il est célibataire à son âge malgré son petit pécule familial, c'est soit parce qu'il est moche, soit qu'il n'a aucune personnalité. Ou les deux.

Et si c'est le cas, je pense que cette soirée risque d'être un enfer. J'aurai peut-être besoin d'un truc plus fort que du vin. Un whisky. Du gin. Un peu de tequila. Les trois.

Avec la fatigue que je me traîne depuis des jours, ça va sans doute faire effet plus rapidement.

– Il n'a jamais aimé exposer la réussite de sa famille. Déjà gamin, il s'en cachait.

– Il en avait honte ?

– Non, répond Charly à June. Mais il préférait que les gens l'apprécient pour lui-même et pas pour son héritage.

Je lève les yeux au ciel.

Un riche humble, quelle chance j'ai.

– Vous allez voir, c'est un mec vraiment simple.

Simple, c'est la deuxième définition de laid. Fallait s'en douter !

Mon beau-frère attrape un morceau de carotte et l'engloutit. June ne lui fait aucune remarque alors que je siffle entre mes lèvres. Il s'avance jusqu'au four et vérifie la cuisson du rôti.

Ma sœur a vraiment trouvé la perle rare. Charly a toujours été aux petits soins avec elle. En plus d'être un papa présent et aimant, qui ne délègue pas l'éducation à sa femme, c'est aussi un homme qui ne rechigne pas à partager les tâches de la maison. Il le fait même de son plein gré, comme ça devrait être le cas pour tout le monde.

– Je suis certain que vous allez l'adorer. Un phénomène. On en a fait des conneries ensemble.

Riche, humble et clown en prime. You-pi !

Faut bien compenser le reste.

Charly rit tout seul en se remémorant ses années de jeunesse au lycée. S'il a pris du sérieux avec l'âge et en devenant papa, il reste malgré tout quelqu'un de très vivant et amusant.

La perle rare, j'ai dit.

– Par contre, il ne sait pas que t'es là, avoue-t-il.

– Ah bon, pourquoi ? s'étonne ma sœur.

Il hausse les épaules, soudain gêné.

– Ça faisait un peu rendez-vous arrangé.

– T'as vu ! m'exclamé-je d'un coup à l'intention de ma sœur. Je ne suis pas la seule à le penser ! Merci, Charly.

– Mais ce n'est pas un rendez-vous, c'est un dîner.

Mon beau-frère lance un coup d'œil à sa femme, loin d'être dupe, et nous nous mettons tous les deux à rire.

– Ça fait combien de temps qu'il est célibataire ? m'informé-je.

– Quelques années, je dirais. Avant qu'il rentre de Montréal. Il a surpris sa nana dans leur lit avec un collègue à elle.

– Dans *leur* lit ? grimace June. Et ça faisait longtemps qu'ils étaient ensemble ?

– Oui. Ils étaient fiancés.

– Le pauvre, ça n'a pas dû être facile…

Je me contente de garder le silence, consciente que me moquer encore de lui serait mal vu. Personne ne mérite d'avoir le cœur brisé et encore moins d'être trompé. Question de principe !

– Et sinon, physiquement, il est comment ?

Ma sœur secoue la tête en pouffant, les lèvres pincées. La sonnette nous fait sursauter.

– Tu en jugeras par toi-même, me lance Charly avant de s'éclipser en trottinant, trépignant d'impatience à la perspective d'accueillir son invité.

Un énorme sourire illumine le visage de June.

– Enfin ! se réjouit-elle.

Nous n'entendons que des voix étouffées par la distance et par les bruits ambiants. Je suis soudainement un peu nerveuse. C'était facile de se moquer de quelqu'un que je n'avais encore jamais rencontré, mais maintenant que Wade se trouve dans la même maison, j'appréhende un peu la rencontre.

Parce que, quoi que tout le monde en dise, ça a l'air d'un vrai rendez-vous arrangé.

– On a une invitée en plus ce soir, j'espère que ça ne t'embête pas, entends-je dire Charly.

Je ne distingue pas la réponse de son ami.

– La sœur de June s'est jointe à nous.

Des bruissements de manteau indiquent qu'ils sont dans le couloir et qu'ils rangent les affaires de Wade dans le placard.

– Tu vas voir, Aprile est une personne adorable.

Mon beau-frère pénètre enfin dans la pièce, mais il cache encore son ami. Je reste en retrait, de plus en plus mal à l'aise.

Il n'y a qu'une sortie pour quitter la cuisine en vitesse, et elle est prise d'assaut par mon beau-frère et son invité. Il est donc impossible de fuir.

– Aprile ?

Je ne sais pas si c'est parce qu'il l'a enregistrée dès le premier jour où il l'a entendue et que depuis il s'ébranle à chaque fois qu'elle s'élève, mais mon corps réagit avant même que mon cerveau comprenne d'où vient *cette* voix qui prononce mon prénom d'un ton incertain.

Voix qui m'est bien trop familière.

Tout en moi s'alarme, et lorsque Wade franchit la porte de la cuisine, la surprise se lit autant sur son visage que sur le mien.

Lui, ce n'est pas Wade.

9

– Wade ! s'exclame ma sœur en traversant la cuisine.

Elle me contourne, sans faire attention à mon état de panique. Les mains sur la table centrale, je suis paralysée, incapable de détourner mon regard du nouvel arrivant. J'ai le cœur au bord des lèvres et ne sais clairement plus où me mettre.

Pourquoi diable est-il ici ?

Chez *ma* sœur.

Dans *ma* famille.

J'ai envie de vomir.

– Appelle-moi Archi ! Il n'y a que Grant pour m'appeler encore Wade.

Il lance un coup d'œil rieur à mon beau-frère.

– Et il n'y a que toi pour m'appeler par mon nom de famille.

Les deux amis se marrent. Et moi, je fixe toujours la même personne. Il est à l'exact opposé de ce que je peux voir tous les jours au bureau. Il n'a pas de costume, mais un pull blanc sur un jean brut. Et c'est pire que d'habitude. Ça le rend plus beau, plus magnétique, plus normal. Son torse sculpté est moulé dans le tissu, et la couleur claire contraste avec son regard sombre et ses cheveux bruns. Ils sont plus courts sur le côté qu'au-dessus de son crâne.

Il est allé chez le coiffeur.

Au secours, il est encore plus magnifique !

– Je suis enchanté de te rencontrer, June. J'ai beaucoup entendu parler de toi.

Ma sœur glousse. Il sourit. Je grince des dents.

Quel cauchemar.

J'ai envie de la secouer et de lui interdire d'être aussi aimable et à l'aise avec cet homme.

– Et voici Aprile, ma belle-sœur.

S'il a réussi à m'éviter après m'avoir vue en arrivant dans la cuisine, il ne peut plus faire semblant de ne pas me voir. Son regard plonge dans le mien, et j'ai du mal à distinguer ce qu'il pense. Si tout à l'heure il avait l'air aussi choqué que moi, il a repris un masque indéchiffrable.

– On peut savoir pourquoi on vous appelle Wade ?

C'est sorti tout seul. Et pas sur le ton que j'aurais espéré. C'était accusateur et presque glacial. Mais je n'y peux rien, l'agacement me monte au nez et je n'arrive pas à faire bonne figure. Je sens le poids du regard de June sur moi, elle est surprise par mon agressivité, je le sens. Et Charly aussi, puisqu'il me fixe d'un œil confus.

S'ils savaient...

– C'est mon deuxième prénom.

Il ne me lâche pas des yeux et son plus beau sourire arrogant s'étire sur ses lèvres pleines. Charly pose une main sur l'épaule de son voisin et ajoute à sa place :

– Il n'aimait pas qu'on l'appelle Archibald quand il était plus jeune. Il trouvait ça ringard.

Les deux amis rient à nouveau. Malgré les années qui les ont séparés, ils ne semblent pas avoir perdu de leur complicité.

– C'était le prénom de mon grand-père, je préférais avoir mon propre prénom, se justifie-t-il.

– C'est joli, Archibald, confie ma sœur.

Non, non, non.

Archibald rime avec Perkins. Donc Archibald, ce n'est pas joli. C'est pire.

Je lance un regard noir à ma sœur, qu'elle ne voit bien sûr pas. Elle a le sourire jusqu'aux oreilles et parle aimablement à son invité.

Pourquoi est-ce qu'elle minaude comme ça avec lui ?

Je lève les yeux au ciel, les doigts toujours enfoncés dans le plan de travail. Ma respiration ne se calme pas, pas même alors que Charly propose à Archibald de le suivre dans le salon. Je ne bouge pas d'un iota et fixe la porte par laquelle ils disparaissent. Mes muscles sont douloureux tant ils sont contractés et j'ai les mains blanches de m'être appuyée avec force contre la table. C'est un miracle qu'elle ne se soit pas effondrée sous mon poids.

– Tu m'expliques ? questionne ma sœur.

Elle n'est pas énervée, mais simplement étonnée de mon comportement.

Comment lui dire simplement ?

– C'est mon boss.

Elle fronce les sourcils.

– Quoi, ton boss ? Qu'est-ce qu'il vient faire là ? Pourquoi tu me parles de lui ?

– T'es bête ou tu le fais exprès ?

Je sors un verre à vin du placard et prends la première bouteille que je vois. Tant pis pour la bienséance, là j'ai besoin d'un truc.

– Wade, commencé-je avant d'avaler le liquide rouge quasi d'une traite.

June ne dit rien et attend que je poursuive, un torchon dans les mains.

– Enfin, Archibald. Je ne sais même plus comment il est censé s'appeler… C'est Perkins.

Ses yeux s'agrandissent de surprise. Son cerveau a l'air de fonctionner à nouveau.

– Perkins…

– L'Imperator. June, s'il te plaît, j'ai besoin que tu sois concentrée, là !

Mon cœur s'écrase avec force contre ma poitrine et les paumes de mes mains deviennent moites. Je me décolle du plan de travail et commence à faire les cent pas dans la cuisine.

– Putain, chuchote-t-elle.

– Je sais.

– Merde alors.

– Je sais.

Charly entre dans la pièce avant que June ajoute quelque chose de plus constructif que des jurons.

– Vous venez ? demande-t-il tout sourire, loin de se douter de l'information énormissime que je viens de donner à sa femme.

– On arrive, répond ma sœur, essayant de paraître normale.

Charly sait très bien ce que je pense de mon patron, je l'ai déjà critiqué une centaine de fois devant lui. Raison pour laquelle June ne lui avoue pas ce que je viens de lui balancer.

Je me maudis intérieurement de nous avoir mis dans une situation pareille. Je cherchais tellement à être discrète au sujet de Perkins, par pudeur ou par politesse, je ne sais pas, que je n'employais *jamais* son nom en présence de mon beau-frère. Il est resté l'Imperator du début à la fin. Aujourd'hui, je regrette vraiment.

Et pourquoi June ne lui a pas dit non plus, d'ailleurs ?

Ça nous aurait évité cette catastrophe !

Je secoue la tête pour chasser cette accusation. Ce n'est pas le moment de chercher un coupable. Là, il faut que j'arrive à trouver la force de faire face à ce dîner.

Mon Dieu, ça va être un calvaire.

June s'avance vers moi, pose sa main sur mon épaule et me lance un regard compatissant.

J'avale d'une traite le fond de mon verre et quitte la cuisine pour les rejoindre dans le salon.

Quand faut y aller, faut y aller !

***

– C'est délicieux, June.

Gneu gneu gneu !

Quel lèche-cul. Il est beaucoup trop adorable depuis qu'il

a débarqué, maintenant ils ne vont plus jamais me croire quand je vais leur dire que Perkins est un homme méprisable.

Je n'arrive pas à le regarder dans les yeux. Manque de pot, j'ai été placée en face de lui. Ce n'est pas comme s'il était facile de se positionner différemment à une table de quatre. Je passe donc le début de mon repas le nez dans mon assiette ou dans mon verre. Je picole comme un trou, essayant de faire cesser la pression qui obstrue ma gorge. Il est rieur, taquin et intéressant. À l'opposé de ce qu'il montre au travail. J'ai l'impression d'avoir son jumeau en face de moi et le double maléfique chez Patience.

Ça m'en coupe presque l'appétit.

Néanmoins, au bout de quelques instants, je décide de participer plus activement à la conversation. Avec un peu de chance, ça fera passer le temps plus vite. Puis Charly est encore dans l'ignorance du lien – professionnel, j'entends – qui nous unit, son ami et moi. Il ne semble pas que son bon vieux copain d'école ait trouvé juste de l'informer. Je peux bien tirer un peu d'amusement de cette comédie et taquiner mon patron.

Il a quelle tête quand il est nerveux ?

– Dis-moi, Archi... commencé-je.

Je le vois légèrement tressaillir, et je jubile. Être aussi familière avec Perkins, une première qui ne se reproduira sûrement jamais. Autant en profiter.

– Il paraît que tu travailles dans le même domaine que moi.

– Ah bon ? répond-il avec maîtrise, comme s'il n'en savait rien.

Il est malin.

Je hoche la tête et porte ma fourchette à mes lèvres.

– Dans les cosmétiques, ajouté-je. Je suis responsable marketing dans un grand groupe. Tu dois sûrement connaître Patience.

– J'en ai entendu parler, j'ai côtoyé certains dirigeants. Des personnes admirables et compétentes dans le milieu.

J'étouffe un rire.

Et vantard.

– Certaines, oui.

– Il paraît que leur directeur marketing est une vraie enflure, déclare Charly, loin de se douter qu'il est en train de parler à cette fameuse enflure.

Je manque de m'étouffer. June tousse discrètement, mal à l'aise, et me lance un coup d'œil inquiet. Je voulais simplement piquer Perkins pour le déstabiliser un peu, pas que mon beau-frère mette les pieds dans le plat aussi abruptement.

– Enflure ?

Archibald me lance un coup d'œil, les sourcils légèrement froncés mais le sourire aux lèvres.

Ça n'a même pas l'air de l'étonner.

– Ouais, un de ces riches arrogants qui pensent que le statut excuse l'attitude de connard qu'ils peuvent avoir avec leurs employés, poursuit Charly.

Mon Dieu, mais tais-toi, s'il te plaît !

– Enfin, quand tu vois certains incompétents dans le domaine, ça ne m'étonne pas que des patrons soient exigeants et un peu bruts avec eux. Il faut les secouer, sinon ils passent leur temps à faire des pauses-café avec les collègues sans déduction de salaire.

Je grince des dents devant la pique bien salée de mon boss. C'est le retour du bâton. Je scrute Archibald qui me défie du regard.

– C'est vrai ! Quand je vois parfois à l'hôpital, t'en as qui abusent vraiment aussi…

– Qui veut du vin ? propose June pour clore la discussion.

Je tends mon verre, pas très sûre que ce soit une bonne idée de continuer de boire.

Ma tête commence à bourdonner légèrement et la fatigue s'accentue.

– Comment était mon mari à l'époque du lycée ?

– Un vrai fainéant.

Mon beau-frère s'esclaffe, suivi par son ami. La gorge déployée, les dents alignées et la voix rauque de celui-ci me font tressaillir. Je bois une longue gorgée de vin, ignorant les signaux de mes joues qui chauffent sous l'effet de l'alcool.

– J'ai cru que tu allais dire que j'étais un vrai coureur.

– Alors ça, je n'en doute pas, déclare June en rigolant.

– Il fallait bien que je m'entraîne à draguer avant de te rencontrer, tu n'étais pas la femme la plus facile à atteindre.

– Quel beau parleur.

– Tu n'as rien perdu de tes beaux discours à ce que je vois, renchérit Perkins, hilare.

Les frissons que provoque son rire glissent le long de ma colonne vertébrale et la chaleur de mon visage se répercute entre mes cuisses.

– Et toi, Archi, comment étais-tu à l'époque ?

Un petit con, ça, il n'y a pas de doute.

Je l'étudie tandis qu'il lève la tête en direction de ma sœur. Il est aussi beau de face que de profil et la courbe de son nez rend son visage aussi imparfait que merveilleux.

Faut que j'arrête de boire.

Je repose le verre de vin que j'avais au bord des lèvres et attrape la carafe d'eau.

– Tu vois l'élève au premier rang ? C'était lui avant que nous devenions amis.

– Tu l'as donc rendu mauvais garçon ? s'étonne sa femme.

– Très, répond Charly.

J'ai un peu de mal à imaginer l'adolescence et le début de la vie d'adulte de mon patron. Était-il déjà aussi arrogant et froid ? Ou au contraire, était-il à l'exact opposé ? Est-ce la vie qui l'a rendu si méprisant ou avait-il déjà ça en lui ?

Perkins était fiancé.

Peut-être que c'est ça qui l'a rendu aussi imbuvable. La tromperie peut rendre n'importe qui amer et détestable avec le sexe opposé. D'autant plus lorsqu'il s'agit d'une partenaire avec qui on s'apprête à se marier… Quel genre de femme a pu lui donner l'envie de s'engager à vie ? Il est si taciturne et insensible. Je suis sûre que son cœur est sculpté dans la pierre. Du granit dur et froid.

J'observe du coin de l'œil Archibald tout sourire, un verre de vin dans la main gauche et l'autre nonchalamment posée à côté de son assiette à moitié vide. Je ressens soudainement une désagréable sensation dans la poitrine, en pensant à ce qu'il a pu éprouver lorsqu'il a retrouvé sa compagne dans leur lit avec un autre, mais suis vite rappelée à la réalité quand je l'entends me demander :

– Et toi, Aprile, comment étais-tu au lycée ?

Archibald m'étudie du regard, un air provocant sur le visage.

– Comme maintenant, lui réponds-je d'un air taquin. Une vraie merveille.

J'accentue mes derniers mots en le fixant, sans ciller.

– En même temps, tu as quoi ? 23 ans ? C'était il n'y a pas si longtemps, l'école.

Enfoiré.

Je sens le rouge me monter davantage aux joues et l'agacement me comprimer l'estomac. Charly, hilare, éclate de rire aux blagues de Perkins. Dire que j'étais en train d'éprouver de la compassion pour cet homme il y a quelques secondes. Non, vraiment, rien n'excuse le comportement odieux qu'il peut avoir à longueur de temps. Pas même l'infidélité d'une ancienne amante.

– 28, précisé-je d'un ton cinglant. Heureusement, célibataire à 30 ans… Vous imaginez ?

J'attrape un morceau de pain au centre de la table et éponge la sauce de mon assiette avec la mie, fière de ma repartie.

Il veut attaquer sur l'âge, attaquons sur l'âge.

– Ça te laisse du temps pour mûrir un peu…

J'ai envie de lui arracher sa suffisance. Ça l'amuse de me mettre hors de moi, il ne me lâche pas des yeux, un air narquois sur le visage, attendant que je renchérisse et que je m'emporte. Je m'apprête à riposter quand je sens un léger coup de pied de June dans mon tibia, me faisant m'arrêter net.

– … mûrir ta vie et tes projets, bien sûr, ajoute-t-il, rieur.

Bien sûr.

Connard.

Je lui lance un faux sourire amical et me concentre sur le pain entre mes doigts. Vivement que ce repas se termine parce que je vais commettre un meurtre d'ici peu.

***

J'ai détesté chaque minute passée à table. C'était comme si je découvrais une personnalité qui m'était inconnue et qui, malheureusement, avait beaucoup trop d'effet sur moi. Le Perkins arrogant et méprisable était déjà difficile à gérer au quotidien, mais maintenant que je distingue de la gentillesse sous cette énorme carapace de connard, ça va être un enfer à oublier. Évidemment, la suite du dîner s'est déroulée dans la même ambiance, alternant piques et rires. De l'extérieur, on aurait pu croire qu'entre Archibald et moi, il y avait une sorte d'amour vache qui s'installait. Nous avons deux forts caractères et apprécions avoir une personne qui nous tient tête en nous remettant à notre place. Néanmoins, à l'intérieur, nous savons qu'il n'y a que du mépris.

Les garçons finissent de débarrasser la table, tandis que j'enfile mon manteau en vitesse. Pas besoin d'être devin pour comprendre que je cherche à fuir. J'ai envie de rentrer chez moi et j'ai déjà fait l'honneur de ma présence. June ne m'en voudra pas, avec les émotions fortes de ce soir. Elle s'est excusée pour la millième fois d'avoir laissé une telle situation se produire, et je lui ai répondu pour la mille et unième fois que ce n'était pas grave et que ces choses-là arrivaient – mais à qui franchement ?

J'avance jusqu'à la véranda pour saluer les deux hommes

qui viennent à peine de s'y asseoir. Perkins reste bref et froid – je ne m'attendais pas à mieux de sa part – et Charly se lève pour me dire au revoir. J'embrasse une dernière fois ma sœur et m'éclipse jusqu'à l'entrée. Arrivée devant la porte, je suis arrêtée par une poigne ferme et chaude qui m'attrape le bras. Lorsque je me retourne, je me retrouve presque collée contre le torse dur de mon patron.

Son odeur m'enivre et me fait tourner la tête. Ou alors c'est le vin… Je lève les yeux dans sa direction et constate qu'il a retrouvé son masque de patron. Les traits sévères et la mâchoire serrée, il me sonde d'un œil dur.

– Tout ça, commence-t-il en montrant ce qui nous entoure, ça ne se reproduira jamais. Ça n'a jamais existé. Je voulais simplement faire bonne figure devant mon ami et sa femme. Vous oubliez le tutoiement, vous oubliez mon prénom. Et je vous veux à l'heure au bureau demain matin.

Sa respiration est irrégulière, et j'ai du mal à garder une contenance sous le poids de son regard sombre. Il a gardé sa main posée sur mon bras, mais sa prise est douce. Nous sommes à une distance qui n'est clairement pas raisonnable puisque je sens son souffle contre ma peau. Et ça me procure une sensation désagréable dans la poitrine.

– Ne vous en faites pas, articulé-je. C'était prévu.

– Bien.

– Bien, ajouté-je par provocation.

Il lâche sa prise, sans s'éloigner pour autant de moi. Nous restons ainsi quelques secondes à nous observer en silence. Puis je tourne les talons et claque la porte derrière moi.

Ce repas était pire qu'une catastrophe.

10

Je repose ma tête contre le dossier de mon fauteuil et ferme un instant les yeux. Fixer l'écran de mon ordinateur commence à me donner mal à la tête.

Je me rends compte que le lancement de la nouvelle crème va être bien plus compliqué que ce à quoi j'ai été habituée. Ce n'est pas notre produit phare de base et il va falloir frapper fort pour qu'il se démarque.

Je me redresse d'un coup, les fesses engourdies d'être restée aussi longtemps assise, et me dirige vers la petite salle de pause pour me servir du café. J'ai besoin de me dégourdir les jambes. Lorsque je reviens à mon bureau, une tasse fumante dans les mains, je sursaute en tombant nez à nez avec mon beau-frère.

– Charly, quelle surprise !

Je me sens soudainement nerveuse de le voir ici. C'est la première fois qu'il vient à mon travail et je me demande bien ce qui l'amène. Je lance un coup d'œil derrière moi, vérifiant que Perkins est bien dans son bureau. Sa porte est ouverte, mais de là où je suis je ne l'aperçois pas.

Avec un peu de chance ils ne se croiseront pas.

Je me vois mal lui avouer maintenant, au beau milieu du couloir, qu'en fait son ami est en réalité l'homme que j'ai décrit depuis plusieurs mois comme la personne la plus horrible que je connaisse.

– Tu veux me dire quelque chose ?

– Non. Je ne suis pas venu pour toi, m'avoue-t-il à moitié amusé.

Mon étonnement doit se lire sur mon visage puisqu'il poursuit :

– Je viens chercher Wade.

Pour la chance, on peut oublier : il sait.

– Il m'a tout dit, continue-t-il en souriant.

– Oh !

Je mords ma lèvre inférieure, honteuse d'avoir laissé mon patron lui avouer ce que j'aurais dû lui dire bien avant.

– Désolée.

– T'en fais pas, répond-il en posant sa main sur mon épaule. Je comprends mieux pourquoi t'as été si exécrable.

Il ricane et j'esquisse un sourire hésitant.

Exécrable n'est peut-être pas suffisant pour décrire la façon dont je réagis en présence de Perkins. Odieuse ? Oui. Détestable ? Entièrement. Infecte ? Il me le rend mille fois.

– Je ne voulais pas te mettre dans une situation embarrassante alors que… je n'arrêtais pas de le traiter de connard.

– C'est drôle, c'est exactement ce qu'il m'a dit, lui aussi.

Je hausse un sourcil, interloquée.

– Lui aussi t'a dit que j'étais un connard ?

Charly secoue la tête en ricanant.

– Non, il a plutôt employé le mot « peste », si mes souvenirs sont bons.

Je tourne la tête en direction du bureau de mon patron, les sourcils froncés, tout en marmonnant dans ma barbe.

Non mais je rêve !

– Visiblement nous partageons les mêmes avis, argué-je en reportant mon attention sur mon beau-frère.

– Vous vous trompez mutuellement l'un sur l'autre. Mais vous vous en rendrez compte avec le temps.

Je secoue la tête en soupirant exagérément.

– C'est beau d'espérer, *Grant*.

Mon imitation est peu convaincante lorsque je l'appelle par son nom de famille, néanmoins ça a le mérite de le faire rire.

– T'as vu, vous avez déjà un point commun.

Je lui fais une grimace telle une enfant et il se marre à nouveau.

– Qu'est-ce que tu lui veux à mon patron ? demandé-je, curieuse.

Je n'ai pas vu le signal dans le regard de Charly et je sursaute lorsque j'entends s'élever dans mon dos une voix ferme et rauque :

– Ce ne sont pas vos affaires, mademoiselle Barnett.

Bien sûr, c'est maintenant qu'il décide de sortir de son trou.

Le traître.

Je me retourne et tombe sur deux iris sombres qui me scrutent. Il est adossé contre l'encadrement de sa porte et fait signe à son ami de le rejoindre.

– Je l'emmène faire du tennis, me confie Charly lorsqu'il me contourne.

– Ne te blesse pas.

Mon inquiétude fait sourire mon beau-frère, et mon patron reste de marbre.

Toi par contre, j'espère que tu te casseras une jambe.

Je ne le lâche pas du regard tandis que Charly va le retrouver. Une fois à sa hauteur, Perkins rompt tout contact visuel – duel serait plus approprié – avec moi et retrouve le visage amical et souriant que j'ai vu dimanche.

Qu'est-ce que je déteste *ce* Perkins !

Bien plus que son jumeau maléfique.

Je soupire seule dans le couloir et pénètre dans mon bureau. J'ai envie de claquer la porte. Chaque fois qu'Archibald entre dans mon champ de vision, qu'il intervient ou que j'entends sa voix, j'ai envie de l'étriper.

Autant que de lui arracher ses vêtements.

Ça, c'est pas vraiment nouveau, mais c'est de plus en plus fréquent.

Pourquoi les filles sont toujours attirées par les blaireaux imbus d'eux-mêmes et têtes à claques ? Faudra qu'on m'explique un jour.

Je m'assois sur ma chaise et reprends mon travail. Mon répit ne dure qu'un temps, puisqu'une silhouette se matérialise à ma porte. Toujours dans son costume parfaitement repassé et taillé pour ses larges épaules, mon patron m'observe sans un mot.

– Monsieur Perkins, prononcé-je les yeux à nouveau rivés sur mon ordinateur.

Je ne redresse pas la tête et garde mon attention fixée sur mon écran, comme si sa présence était moins importante que ce que je suis en train de faire. Je sais que ça ne va pas lui plaire et j'en jubile intérieurement.

– N'oubliez pas que je veux un début de projet sur mon bureau vendredi.

Soit dans trois jours.

Je retiens une grimace. Comment veut-il que j'aie avancé assez en si peu de temps ? Je fulmine dans ma tête et garde pour moi des propos bien salés.

– Ça sera fait.

Je fais semblant de pianoter quelque chose sur mon clavier, ignorant du mieux possible sa présence. Je l'entends soupirer.

Bingo !

Il n'a vraiment pas l'air d'apprécier que je m'adresse à lui sans le regarder et je retiens un sourire satisfait.

– Bien.

– Bien, répété-je.

Du coin de l'œil, je l'aperçois tourner les talons et je m'empresse de lever la tête.

– Monsieur Perkins.

– Mademoiselle Barnett, prononce-t-il avec dédain en me faisant à nouveau face.

Mâchoire serrée et sourcils froncés, il m'observe durement. C'est si facile de l'énerver.

– J'ai besoin des codes d'accès aux archives.

– Et pourquoi ça ?

Mon poisson d'avril me revient en pleine face et je pince les lèvres, chassant d'un mouvement de tête les images de lui et moi qui se créent toutes seules dans mon esprit.

Penser à une chose pareille alors qu'il a son regard braqué sur moi me provoque soudainement des bouffées de chaleur. Mes joues s'irradient et mes mains deviennent moites.

Pourvu qu'il n'ait pas le superpouvoir de lire dans les pensées.

Je me racle la gorge et poursuis :

– J'aimerais voir les anciens dossiers de lancement. J'ai remarqué que la dernière crème mise sur le marché n'avait pas eu un franc succès.

Son visage se ferme davantage. Il ne doit pas aimer que je lui mette sous le nez les échecs précédents de son entreprise familiale. Pourtant, il va bien falloir puisque je n'ai pas envie que ça se reproduise avec moi.

– J'aurais aimé voir les erreurs à éviter et ce que je pourrais faire pour…

– Faites ce que vous voulez, me coupe-t-il. Vous n'avez qu'à demander à Aaron, il a tous les codes. Moi, je n'ai pas le temps pour ça.

Le superpouvoir du connard, par contre, il l'a.

Sur ces mots, il quitte rapidement l'entrée de mon bureau et rejoint Charly. Je secoue la tête en souriant. J'ai touché un point sensible : les mauvaises décisions qu'il peut prendre.

L'ego des hommes… Enfin, l'ego de Perkins Junior.

11

– Merci, Aaron, tu me sauves sur ce coup !

Le jeune homme a du mal à soutenir mon regard, il sourit nerveusement.

– N'hésite pas si tu as besoin d'autre chose, souffle-t-il, un peu timide.

Je hoche la tête et sors de son bureau. J'avance jusqu'aux ascenseurs et compose le premier code d'accès pour aller jusqu'à l'étage des archives. La cage en acier s'ébranle et commence son trajet. J'arrive rapidement dans le long couloir que je traverse tranquillement et note à nouveau une série de chiffres me permettant d'ouvrir la porte qui se trouve au fond.

Il n'y a aucune fenêtre dans la grande pièce qui me fait face, seulement des néons éblouissants. Une odeur de vieille bibliothèque et de poussière vient me piquer le nez. De nombreuses étagères remplissent la salle, elles sont toutes pleines de dossiers. Je suis surprise de voir tout ce qu'on peut entasser avec les années.

J'avance jusqu'à l'un des ordinateurs mis à disposition à droite de l'entrée et dépose ma veste sur une chaise voisine. J'enlève mon pull et mon chemisier qui finissent sur une table adjacente et attache mes cheveux dans un chignon désordonné. J'entre mes identifiants et commence à chercher les documents qui m'intéressent. Le logiciel m'indique les allées où me rendre et les numéros d'étagères. Je note tout sur un morceau de papier que je trouve dans l'une des imprimantes et me dirige vers le premier dossier.

– Où es-tu ?

Je parcours la salle en long, en large et en travers, faisant des allers-retours pour déposer mes trouvailles sur une des longues tables à l'entrée. Je suis certaine que je ne vais même pas utiliser un quart de ce que j'ai déniché, mais il vaut mieux en avoir trop que pas assez.

– Vous trouvez votre bonheur ?

Je pousse un cri et lâche le document que je tiens dans les mains. Il fait un bruit sourd lorsqu'il touche le sol et plusieurs feuilles s'échappent du carton rouge.

– Vous m'avez fait une de ces peurs.

Je pose ma paume sur ma poitrine au niveau de mon cœur qui martèle ma cage thoracique et tente de réguler ma respiration. Perkins se trouve devant moi, au bout de l'allée, les mains dans les poches de son pantalon de costume gris. Il ne paraît pas inquiet de la crise cardiaque qu'il a failli me provoquer et ne s'excuse pas non plus.

Rien d'étonnant de sa part.

Je m'accroupis pour ramasser les feuilles éparpillées sur la moquette noire sous le regard pesant de mon patron qui ne bouge pas d'un centimètre et qui épie chacun de mes mouvements.

Ça le tuerait de m'aider ?

Il comble l'intégralité de l'espace entre les deux étagères qui nous entourent. Je me sens soudainement minuscule et j'étouffe presque face à cette promiscuité qu'il nous impose par son large torse et ses épaules massives.

– Que me vaut l'honneur de votre présence ? demandé-je non sans ironie et une pointe d'insolence.

Je me redresse, le dossier contre la poitrine, et humecte mes lèvres devenues sèches sous le poids de son regard. Je sens la bretelle de mon débardeur glisser sur mon épaule et me hâte de la remettre en place. Il ne rate pas le geste que j'effectue pour me rendre plus décente et cacher la naissance de mes seins.

– Je suis venu vérifier si vous travaillez vraiment. Ou si votre soudaine envie de venir ici n'était pas une excuse pour faire la sieste.

Un ricanement narquois s'échappe de ma gorge. Cela ne me surprend pas de sa part. Quand il peut me rabaisser sur mon efficacité, il ne se fait pas prier.

– Eh bien, comme vous pouvez le voir, je suis bien occupée.

Un silence lourd se répand autour de nous, et il continue de m'observer au bout de l'allée. Impossible d'ignorer le mouvement de ses yeux qui passent sur ma main plaquée contre mon décolleté, parcourent mon cou avant de revenir se planter dans les miens. Son passage visuel a laissé un picotement sur ma peau, comme s'il n'avait pas fait que regarder.

– Vous comptez rester là pour me surveiller ?

Les cartons entassés autour de nous nous coupent du reste de la pièce, et la faible lumière dans cette partie des archives me donne l'impression d'être dans une boîte à chaussures.

– Pourquoi pas.

– Vous n'avez rien d'autre à faire ?

Je déglutis et place le document sur l'étagère à ma gauche. Je tente une pose nonchalante en croisant les bras. Dans cette position, mes seins remontent davantage. Je ne sais pas si c'est une bonne idée puisque je vois à nouveau son attention descendre furtivement là où elle ne devrait pas. Il ne s'écarte pas et bloque toujours le passage, me laissant coincée entre lui, les livres et le mur du fond.

– Que de vérifier si mes employés travaillent correctement ?

J'ai de plus en plus de mal à contrôler ma respiration. Sa présence augmente ma température interne et j'ai l'estomac qui se noue. Je n'en laisse rien paraître et le dévisage avec tout le sérieux et la condescendance dont je peux faire preuve.

Il me sonde à nouveau, soupire bruyamment et s'avance doucement dans ma direction, la main sur une étagère qu'il caresse du bout des doigts. Une lueur indéchiffrable brille dans ses yeux. À mesure qu'il approche de moi, je me sens obligée d'effectuer un pas en arrière pour maintenir une distance raisonnable. Sans succès. Il est maintenant bien trop près pour que son odeur ne me percute pas de plein fouet. Je déteste respirer ce parfum boisé qui emporte à chaque fois toute mon assurance à chaque inspiration. Et j'ai la désagréable sensation qu'il en a conscience.

Me voit-il retenir l'air dans mes poumons lorsqu'il s'arrête à quelques centimètres de moi ?

– Non. Je n'ai rien d'autre à faire.

J'ai presque du mal à reconnaître l'homme qui se trouve en face de moi. Une aura particulière émane de lui. Différente de ce qu'il a l'habitude de montrer. Il est davantage effronté, et ses iris sont voilés d'un éclat monstrueusement insolent. Je déglutis difficilement sous le poids de son regard. Je suis incapable de savoir si c'est le manque de luminosité qui rend ses pupilles plus… troubles.

– Cela m'étonne de vous, monsieur Perkins, vous qui êtes si souvent occupé.

– Je vois que vous m'espionnez aussi.

– Oh, je m'assure que vous ne faites pas semblant, assis devant votre grand bureau. Ce serait dommage de sermonner son équipe si derrière on rêvasse. D'ailleurs, cela m'étonne que vous vous soyez accordé une pause pour descendre ici.

Conscient que je suis en train de remettre en doute le travail qu'il effectue chez Patience, sa mâchoire se contracte et ses sourcils se froncent. Ce n'est qu'un juste retour des choses. Il ne se prive pas de salir mes capacités à rester concentrée. Il secoue doucement la tête et prononce d'une voix sourde :

– Dites-moi, mademoiselle Barnett…

Il passe en revue l'endroit où nous nous trouvons, baissant à nouveau de manière imperceptible son regard sur ma poitrine, puis ma gorge, mais de manière assez flagrante pour que je remarque l'étincelle dans son regard. L'hésitation traverse une fraction de seconde ses iris marron, mais elle disparaît lorsqu'il les plante dans les miens. Il me surplombe de sa hauteur, lui donnant une position de supériorité. Il pourrait facilement m'envelopper intégralement de son corps s'il le voulait, et je serais incapable de m'en échapper.

Je ne crois pas le vouloir de toute façon...

– Qu'avez-vous dit que nous faisions, à votre amie, Mlle Howells ?

Il a baissé la tête, rapprochant considérablement son visage du mien. Son sourire fier toujours plaqué sur sa gueule d'ange. Il me cherche, je le sens dans son regard hautain et une sensation toute particulière irradie mes sens quand je me rends compte de ce qui fait briller ses yeux.

On dirait du désir.

Ma peau se met presque à brûler de mon cou à la naissance de ma poitrine et la chair de poule se manifeste le long de mes bras. Heureusement que le néon n'est pas au-dessus de nos têtes parce que je ne pourrais clairement pas masquer la réaction de mon épiderme.

– De quoi parlez-vous ? réussis-je à articuler.

Je sais pertinemment à quoi il fait référence, mais n'arrive pas à trouver une phrase pour le rembarrer. J'ai perdu la totale maîtrise de moi-même : j'ai les jambes qui menacent de s'effondrer, ma poitrine se soulève irrégulièrement tandis que mon cœur martèle mon thorax.

Reste de marbre, Aprile.

– Est-ce un fantasme que de vous faire prendre ici ?

Je hoquette de surprise sous l'audace de sa question.

– Je crains de ne pas vous suivre, monsieur. Êtes-vous réellement en train de parler sexualité avec l'une de vos employées ?

Il me défie du regard et j'ai du mal à soutenir le mien, parce que c'est exactement ce qu'il est en train de faire.

– Il me semblait pourtant que vous ne me considériez plus vraiment comme votre patron, lorsque vous rêviez de mes supposées prouesses avec votre collègue. Lors de vos innombrables pauses-café.

La voilà, notre confrontation officielle sur ce poisson d'avril que j'aurais aimé ne jamais faire. J'expulse bruyamment l'air de mes poumons et, dans un élan de fierté, afin de sauver la dignité qu'il me reste, je réussis à répliquer :

– C'était une *blague*, monsieur Perkins. Rien qui se rapproche de près ou de loin d'un quelconque… fantasme.

S'il est surpris de l'intonation ferme de ma voix, il ne le montre pas. J'inspire et bombe le torse, me donnant une meilleure posture, plus sûre, plus confiante.

– Il est certain que vous seriez incapable d'être à la hauteur de ce que j'ai inventé.

Les muscles de sa mâchoire imberbe se serrent, il hausse un sourcil et son sourire s'efface. Ma remarque ne lui a pas plu, c'est évident, mais je n'ai pas eu d'autre choix que de le remettre à sa place. Juste cette fois, alors que personne n'est témoin de notre duel. Il prend bien trop le dessus, en jouant ouvertement. Alors que je pense la partie gagnée, je manque de m'étrangler lorsqu'il me lance d'une voix rauque :

– En es-tu certaine ?

12

Je ne sais pas si le premier pas vient de lui ou de moi, mais en une fraction de seconde, ses lèvres se plaquent sur les miennes. Elles sont avides, déterminées, et le baiser est brutal. Comme si des mois de frustration, d'hostilité, de colère et de désir impossibles à contrôler se déversaient entre nous. Nos gestes sont abrupts, nos corps se cognent sans retenue. Il encercle ma taille d'une poigne sèche et me colle contre son torse dur et musclé. De sa main libre, il bloque ma nuque, emprisonnant mon visage contre le sien. Nos respirations haletantes se mélangent tandis que nos bouches se battent dans un combat impérieux.

Aucune pensée cohérente n'arrive à faire son chemin dans mon esprit. La seule chose qui me guide, c'est cette détermination à faire disparaître le feu qui brûle en moi. J'ai le corps en ébullition et c'est la première fois qu'un homme me provoque un désir aussi violent. Tous mes sens sont en alerte et je suffoque sous le poids de ce que me déclenche notre étreinte.

Il est en train de me rendre folle et je suis incapable de faire la part de ma rage et de mon désir. Mais je sais que s'il venait à se détacher de moi, j'en pleurerais de frustration. Lorsqu'il commence à parcourir mon dos de sa main ferme et à descendre sur la naissance de mes fesses, j'en soupire d'aise.

Je ne me reconnais plus.

– C'est ce que je faisais ? souffle-t-il contre mes lèvres gonflées.

Sans répondre, je m'empare plus avidement de sa bouche où se dessine un sourire suffisant.

Celui que je déteste mais qui, là tout de suite, provoque une décharge entre mes jambes.

Un râle s'échappe de sa gorge lorsque j'empoigne une mèche de cheveux et tire dessus. Mon geste a pour effet de décupler son ardeur et il m'attrape par les cuisses pour me hisser contre lui. Je me retrouve bloquée entre l'étagère et son corps athlétique.

Une des planches de la bibliothèque me comprime le bas du dos, pourtant je ne rechigne pas et palpe les larges épaules d'Archibald, qui sont encore plus dures et solides que ce que j'imaginais. Il me soulève comme si j'étais une poupée de chiffon. En équilibre sur ses hanches, j'ai pleinement conscience de son état et je ne peux échapper à ce qui commence à gonfler entre nous. Il agrippe subitement mes poignets et les bloque au-dessus de ma tête. Je peine à maintenir ma position, les jambes enroulées avec force autour de sa taille, mais il maîtrise la situation. Il abandonne ma bouche et part à la conquête de mon cou, démarrant en haut de ma poitrine et suçote, mordille chaque morceau de peau sur son passage. Sa poigne sur mes fesses se raffermit, en même temps que la proéminence qui bute entre mes cuisses.

Je souffle, marmonnant des mots incohérents. Cela semble l'amuser car il ricane contre mon oreille qu'il attrape du bout des lèvres.

– Est-ce que je suis à la hauteur ? demande-t-il, un brin provocant.

Sa voix est éraillée, rocailleuse. Son souffle est erratique et ses pupilles sont troubles. Ce n'est plus mon patron que j'ai en face de moi, mais un homme totalement animé par ses pulsions.

J'ondule du bassin, essayant d'entrer en contact avec ce que je sens durcir sous moi. Nous avons dépassé les bornes depuis bien trop longtemps pour faire marche arrière.

C'était quoi ma règle, déjà, concernant les relations au travail ?

– Tu peux mieux faire.

Je suis provocante, aguicheuse et totalement soumise au désir qui me brûle de l'intérieur. À l'exact opposé de ce que je suis d'habitude. Si j'avais pleinement conscience de ce que je suis en train de faire, c'est certain que j'en rougirais de honte et de gêne. Pourtant, à cet instant, avec Perkins, je ne me soucie de rien d'autre que de l'envie qui me ronge.

Il lâche mes poignets et me repose au sol, me gardant pressée contre lui, les doigts enfoncés dans mes hanches. J'empoigne le col de sa chemise et arrache le premier bouton. Il se recule brusquement et m'attrape les mains en riant.

– Tout doux.

Les yeux ancrés dans les miens, il enlève sa veste, la faisant glisser avec une lenteur insupportable sur ses épaules, et la lance ensuite au sol, dans un geste contrôlé. Puis il déboutonne lui-même son vêtement et l'envoie valser à son tour.

Ce qui se matérialise devant moi est au-delà de ce que j'imaginais : une peau hâlée à perte de vue, des abdominaux ni trop épais ni trop plats, des pectoraux galbés à la perfection. Mon regard s'arrête sur un grain de beauté au niveau de son nombril, là d'où part une ligne de poils bruns qui disparaît plus bas, à la naissance du caleçon qui dépasse de son pantalon. Là où je meurs d'envie de glisser ma langue et de lécher ce qui se cache sous ce tissu gris.

– À ton tour, gronde-t-il.

Il ne me laisse pas le temps de prendre les devants, il empoigne le bas de mon débardeur et le soulève. Je hisse les bras en l'air, obéissante, et me délecte de le voir me détailler tandis que le tissu laisse apparaître ma peau nue. Il étudie mon corps, déglutissant bruyamment lorsqu'il admire mes seins enfermés dans un soutien-gorge en dentelle noire. Ce n'est pas la plus belle parure que j'ai, pourtant elle a l'air de faire son petit effet. Il réduit l'espace entre nous et fond dans mon cou. Il empoigne mes seins qu'il malaxe avidement. Je parcours d'abord son dos de mes mains, allant et venant de haut en bas, puis m'aventure sur son torse, que je caresse fébrilement. La chair chaude que je sens sous mes doigts et la respiration irrégulière que j'entends dans mon oreille m'incitent à poursuivre mon ascension. Son nez dans mes cheveux, j'attrape sa ceinture pour enfin libérer ce que j'ai envie de toucher depuis que je l'ai senti contre moi tout à l'heure.

En une fraction de seconde, je suis retournée et plaquée contre l'étagère. Il se décolle de moi et dénude ma poitrine d'un geste vif. Je bascule la tête en arrière et la pose contre son épaule. La bouche entrouverte, je profite des sensations que ses mains me procurent. Il pince un de mes tétons, me faisant gronder de plaisir. Je le sens sourire sur ma nuque, où il dépose plusieurs baisers mouillés. Il caresse mon ventre, ouvre le bouton de mon jean et glisse ses doigts dans ma culotte sans lâcher mon sein gauche qu'il malmène avec un intérêt particulier. Je ne sais plus où donner de la tête tant le plaisir arrive de tous les côtés. Je me laisse faire, les mains clouées sur la planche de bois devant moi.

Il se recule, me laissant offerte et presque nue.

– Je n'ai rien sur moi.

Je comprends vite à quoi il fait référence : il n'a aucun préservatif. Et moi non plus. Jamais je n'ai laissé un homme me faire l'amour sans protection, c'est bien trop irresponsable et inconscient. Dieu seul sait où ils traînent. Pourtant, là, les seuls mots qui me viennent à l'esprit sont :

– Je suis clean, et j'ai un stérilet.

Il soupire dans mon dos et répond :

– Moi aussi… Enfin, je suis sain. Je peux même te montrer ma dernière prise de sang.

Je tourne la tête dans sa direction et nous nous étudions du regard. Je pense que nous cherchons mutuellement à savoir si nous pouvons nous faire confiance.

– Je te crois, confessé-je.
– Pareil.
Pour une fois, Perkins ne remet pas ma parole en doute et j'ai presque envie de rire. Je n'ai pas le temps de lui envoyer une pique qu'il baisse mon jean jusqu'au milieu de mes cuisses et attrape ma taille. J'étouffe un juron lorsque je sens son membre me pénétrer. Archibald s'immobilise un instant, me laissant le temps de m'habituer à cette intrusion imposante.
– Ça va ? souffle-t-il dans mon oreille.
Sa voix est faible, presque tremblante.
– Ne t'arrête pas.
Il m'agrippe les hanches et commence ses va-et-vient fermes et énergiques. Je ne retiens plus les gémissements qui sortent de ma gorge et me laisse aller. Il sait ce qu'il fait et ses coups de reins deviennent plus puissants. Le plaisir monte à mesure qu'il entame des mouvements réguliers.
– Aprile…
Il chuchote mon prénom dans une plainte. Je tourne la tête, lève les bras pour les glisser derrière sa nuque et il s'empare de mes lèvres. Il les suçote d'abord, puis m'embrasse pleinement ensuite. L'image que nous projetons se matérialise dans ma tête. C'est érotique, terriblement excitant, et il avale mes gémissements à chaque pénétration. Ses mains caressent mon ventre, mes seins, et l'une d'elles se faufile entre mes cuisses. Je me repositionne, afin qu'il puisse aller et venir plus facilement, et alors que je suis sur le point d'arriver à ce fameux moment de non-retour, prête à faire sortir tout ce désir accumulé qui n'a cessé de grandir depuis qu'il est arrivé dans la pièce, Perkins jure contre mon dos et s'immobilise.
Il a fini ?
Il se retire en vitesse et se décolle de moi comme si j'étais contagieuse. Un courant d'air frais me fait frissonner. Je n'ai pas bougé de place, les fesses encore offertes, le dos cambré et les mains agrippées à l'étagère. Le feu en moi brûle toujours, pourtant je fais la désagréable constatation que c'est terminé.

Il a fini.

Je me redresse, pantelante. Archibald fuit mon regard, il a déjà boutonné son pantalon et attrape sa chemise au sol. Abasourdie par son comportement, je suis incapable d'articuler une phrase cohérente. Un truc pour lui dire que *moi*, je suis loin d'avoir joui. La bulle dans laquelle nous étions quelques secondes plus tôt a explosé. Il est redevenu fermé et aussi froid que la banquise, comme le connard qu'il est. Les boutons encore ouverts, il s'empare de sa veste de costume qu'il enfile et traverse la pièce à grandes enjambées sans se retourner.

C'est une blague ?

J'ai à peine réajusté mon jean qu'il ouvre la porte et disparaît.

J'ai envie de le tuer pour l'humiliation qu'il vient de me faire subir après m'avoir baisée. Et pas qu'au sens propre.

Furieuse, j'attrape mon débardeur et rage en l'enfilant.

Perkins est le maître dans l'art de gérer une entreprise et de diriger des centaines de personnes. Par contre, pour respecter une femme et la faire jouir, c'est zéro pointé.

13

Putain !

Ce mot me vient en pleine figure au moins dix fois par heure. C'est simple, depuis que j'ai quitté les archives hier soir, je ne pense qu'à ça. Je ne vois plus que mon patron, presque nu, qui me caresse et me fait gémir.

À défaut de jouir.

Je n'ai pas fermé l'œil de la nuit. J'ai ruminé, je me suis tournée et retournée dans mon lit. Je me suis demandé mille fois comment on en était arrivés là, mais surtout pourquoi il est parti comme ça, me laissant seule, honteuse et totalement frustrée dans cette pièce sombre.

Il m'est arrivé de coucher avec des hommes sans lendemain, de quitter leur lit dans un silence gêné. Mais là, ça surpasse tout. C'était le summum de l'humiliation.

En me réveillant ce matin, impossible de cacher les cernes qui me bouffent le visage, même avec du fond de teint. J'ai une mine épouvantable et suis d'une humeur de chien.

La tête et l'attitude d'une mal baisée.

Mais ce qui surplombe tous les sentiments qui se bousculent en moi, c'est la colère et le désir de vengeance. Je ne vais clairement pas en rester là. Et il n'y a rien de pire qu'une femme énervée.

Archibald Perkins, tu n'es pas prêt.

– Aprile, salut.

Je sursaute sur ma chaise de bureau. Aaron se trouve sur le seuil de ma porte et il me regarde, les épaules légèrement courbées, un sourire timide sur le visage. Il est habillé d'un polo gris sur un jean sombre. Ce n'est pas un homme très grand, il doit faire à peu près ma taille. Ses cheveux blonds-châtain clair sont ébouriffés sur son crâne de manière un peu négligée. Il est loin des standards de beauté, mais il a tout de même un certain charme. Sa barbe naissante lui donne le côté viril qui manque dans sa carrure. Il a la peau pâle et ses iris bleus sont tellement clairs qu'on dirait presque qu'ils sont transparents. Il est à l'opposé de Perkins. Et ce constat me comprime l'estomac.

Pourquoi je suis toujours attirée par celui qu'il ne faut pas ?

Je souris à mon collègue et remarque qu'il a deux tasses de café dans sa main.

– Je me suis dit que tu en aurais peut-être besoin ?

Il s'avance, hésitant, jusqu'à moi et me tend l'un des récipients. Je l'attrape et la chaleur qui s'en dégage me réconforte instantanément.

– C'est prévenant de ta part.

Il hoche la tête, et je lui propose de s'asseoir. Je n'apprécie pas spécialement de faire une pause dans mon bureau, déjà parce que j'aime sortir de la pièce pour m'aérer l'esprit. Mais surtout parce que Perkins a une vue plongeante sur moi. Pourtant, là, je fais une entorse à la règle. Au diable ce qu'il peut penser et dire, il n'est pas du tout en position de venir me prendre la tête.

Et bizarrement, depuis hier soir il se fait tout, tout, tout petit.

– Comment ça se passe chez les geeks ?

Mon petit nom pour ses collègues le fait rire. Je sais que je ne le vexe pas avec ce vieux préjugé sur les génies de l'informatique. Il est certes réservé, mais il a également beaucoup d'humour et d'autodérision. J'aime converser avec lui lorsque je le vois et il arrive toujours à me faire rire.

– Bien mieux qu'ici, nos amis les ordinateurs sont calmes et c'est un bonheur de travailler avec eux.

Je glousse. Aaron connaît la réputation de mon boss et il aime rappeler à quel point il est ravi de ne pas être directement sous sa gouvernance. J'avale une gorgée de café et fais bouger ma chaise sur elle-même, le mouvement me berce.

– T'as trouvé ce que tu cherchais hier ?

Je tousse et manque de recracher le liquide que j'ai dans la bouche.

– Désolé, ricane-t-il. Je ne voulais pas que tu t'étouffes.

Je souris, gênée, et m'essuie le bord des lèvres d'un revers de la main.

– Ce séjour aux archives n'a pas dû te laisser un si bon souvenir.

Je sens le rouge me monter aux joues.

Tout dépend si on parle du début ou de la fin de ce séjour…

Je tente de rire pour faire bonne figure, mais un bruit étrange s'échappe de ma gorge. Comme un animal à l'agonie.

– C'est pas le meilleur endroit pour travailler, concède Aaron.

Il est si gentil et si naïf. Il ne voit pas du tout le trouble qu'il vient de raviver et parle tout seul, essayant de faire un peu d'humour.

– Tu vas au Barco ce soir ?

– Je ne pense pas, j'ai du travail, réponds-je.

– Dommage, j'avais une annonce à vous faire.

– Vraiment ?

Il hoche la tête, le visage illuminé.

– Bon, à toi je peux te l'avouer.

Il lance un coup d'œil en direction de la porte de mon bureau et lorsqu'il constate qu'il n'y a personne aux alentours, il se penche légèrement pour chuchoter :

– J'ai trouvé un nouveau boulot.

Son regard brille de joie et il contient difficilement son excitation.

– C'est super ! m'exclamé-je.

– Oui, je suis ravi. J'ai donné mon préavis ce matin.

– Tu pars où ?

– Je retourne à Atlanta, près de ma mère. Elle a des problèmes de santé.

– Je suis désolée, ajouté-je en pinçant les lèvres.

Il secoue la tête en souriant.

– T'en fais pas, rien de bien grave… Disons que c'est aussi un prétexte.

Il baisse la tête sur ses doigts qu'il triture nerveusement avant de reporter son attention sur moi, une lueur enfantine traverse ses iris clairs. Je plisse les paupières et l'observe en silence.

– Une demoiselle à retrouver ? demandé-je, incertaine.

– On ne peut rien vous cacher, à vous, les femmes.

Il rit et je l'imite. Ce n'était pas difficile à deviner vu le changement total d'attitude lorsqu'il a commencé à parler d'Atlanta et le pétillement dans ses yeux.

– Une longue histoire, mais j'ai beaucoup de raisons qui me poussent à partir de Chicago.

– Alors j'espère que tu trouveras ton bonheur chez toi.

– Merci.

– J'espère qu'on fêtera ça vi…

– Mademoiselle Barnett.

Ma voix se meurt en entendant le timbre qui nous interrompt. Aaron se lève de son siège, la tasse contre son torse, il regarde l'homme qui vient d'entrer dans mon bureau avec respect.

– Bonjour, monsieur Perkins.

Mon patron regarde à peine mon collègue, il me fixe intensément, l'air contrarié.

– Où en est l'ébauche que je vous avais demandée sur Sweet Patience ?

Pour la politesse, il repassera.

Il ne daigne même pas répondre à ce pauvre Aaron qui essaie désormais de se faire tout petit dans l'angle de la pièce. Je déteste son attitude si peu respectueuse pour ses semblables.

Merde, ce n'est pas le roi de l'Amérique non plus.

– *Bonjour*, monsieur Perkins.

Je répète mot pour mot ce que l'informaticien a dit quelques secondes plus tôt. Perkins me lorgne d'un regard noir et fronce les sourcils. Il se tourne vers le jeune homme silencieux à sa gauche et hoche simplement la tête.

Bon, c'est déjà mieux que rien.

– Il me reste deux, trois détails à finaliser et je vous apporte ça dans votre bureau, annoncé-je.

Le tutoiement entre nous a disparu, comme si notre interlude dans les archives n'avait été qu'un mirage. Mon patron me lance un coup d'œil puis se tourne vers Aaron qu'il observe un peu plus longtemps avant de revenir à moi.

– Faites vite, je n'ai pas que ça à faire.

Il tourne les talons et traverse le couloir jusqu'à son bureau, où il claque la porte. J'ai envie de hurler tellement il a été odieux, mais je me retiens. Je ne peux même pas lui conseiller d'aller baiser pour se détendre, puisqu'il l'a déjà fait hier.

Et que lui, il a eu l'air de prendre son pied.

– C'est vraiment un homme particulier, confesse Aaron qui s'est repositionné devant moi.

– T'as pas une place dans ta valise pour Atlanta ?

Mon collègue étouffe un ricanement.

– Je devrais reprendre le travail.

– Oui, ce serait sûrement mieux.

Il s'avance jusqu'à la porte et me salue d'un geste de la main. Je le lui rends et reporte mon attention sur l'écran de mon ordinateur. Si la venue de l'informaticien a réussi à me faire penser à autre chose et à apporter un peu de bonne humeur à ma journée, l'intervention de Perkins a tout fichu en l'air.

Je grogne en jurant.

Je le hais.

14

Je clique sur « enregistrer » et imprime le dernier tableau que je viens de finaliser. Je glisse la feuille dans la pochette cartonnée bleue et sors de mon bureau.

Il est vingt heures passées, il n'y a plus personne à l'étage. On est vendredi, c'est le début du week-end, les employés sont partis il y a plusieurs heures et doivent déjà être chez eux ou au bar à décompresser de la semaine.

Tout le monde, sauf moi. Évidemment.

Je frappe trois coups secs à la porte et n'attends pas qu'on m'invite à entrer.

– Deux, trois détails à finaliser, hein !

Perkins ne relève même pas les yeux de l'écran de son ordinateur. Sa chemise bleu ciel est retroussée sur ses avant-bras et les deux premiers boutons sont ouverts sur la naissance de son torse musclé et imberbe. Il est magnifique dans la pénombre, avec Chicago en arrière-plan.

– On est encore vendredi, je ne suis donc pas en retard.

– Vous avez toujours un mot à dire, n'est-ce pas ? soupire-t-il.

Il s'adosse contre sa chaise et place ses bras le long de son corps. Les jambes écartées, il me regarde marcher jusqu'à lui puis déposer les documents sur son bureau.

– Toujours, réponds-je sans le quitter des yeux.

Je lâche la pochette dans un bruit sourd et tourne les talons pour sortir de cette pièce étouffante. Dans un déhanché surjoué, je traverse le bureau sans me retourner. Je sens ma jupe remonter légèrement le long de mes cuisses à mesure que j'avance, mais je ne la descends pas. Elle me moule là où il faut, me fait me sentir femme et je sais qu'elle fait son petit effet sur la gent masculine.

Néanmoins, lorsque j'arrive devant la porte, une pensée me vient à l'esprit : c'est le moment idéal pour ma vengeance. Je m'arrête net et cela n'échappe pas à mon patron.

– Vous avez oublié quelque chose ?

Si tu as un peu de bon sens, Aprile, tu te contenteras de passer cette porte...

Au lieu de ça, je jette un coup d'œil dans le grand hall vide devant moi et ferme doucement la porte de la pièce. Je me retourne lentement et plante mes yeux dans ceux de Perkins. Il n'a pas bougé d'un iota. Il est toujours affalé dans son siège, les jambes légèrement écartées, et il m'observe d'un regard sombre. J'ai le cœur qui martèle ma poitrine et je sais que c'est quitte ou double. Il peut très bien me virer à coups de pied au cul ou bien me laisser faire.

– Oui.

Je ne reconnais pas ma voix. Archibald se redresse nerveusement sans me lâcher des yeux tandis que j'effectue le trajet inverse, balançant mes hanches de manière provocante.

– Mademoiselle Barnett, souffle-t-il quand j'arrive à sa hauteur.

Son torse se soulève irrégulièrement et ses épaules sont tendues.

– Monsieur Perkins.

Je contourne son bureau en l'effleurant du bout des doigts, avec une allure aguicheuse. Hier, il est parti comme un voleur et a oublié de me donner quelque chose. Et je compte bien le récupérer *maintenant*.

Je pose mes mains sur les accoudoirs de son siège, le surplombant. Ma position lui offre une vue plongeante sur mon décolleté. Mon chemisier pend en avant et mes seins tentent de s'échapper de mon soutien-gorge blanc. Il ne rate pas une miette du spectacle et déglutit difficilement.

Je suis ravie de l'effet que je produis sur lui et de son absence de contestation. Avec audace et détermination, je m'agenouille doucement à ses pieds. Son regard braqué sur moi, ses pupilles se voilent immédiatement d'un désir brut.

Nous y voilà.

– Aprile…

J'attrape la boucle de sa ceinture et ouvre sa braguette. Il comprend ce que j'ai envie de faire et sa mâchoire se crispe. Un combat semble faire rage en lui, puisqu'il regarde la porte, comme si elle allait lui donner en réponse le comportement à adopter, avant de complètement lâcher prise. Je le vois quand il ferme les paupières en soupirant. À ce moment, je sais que j'ai gagné cette manche et qu'il va payer.

Sans plus attendre, je baisse comme je peux son caleçon noir et lèche lentement son membre déjà proéminent.

Il ouvre les yeux et ancre son regard sombre dans le mien. Sa manière de me scruter indique qu'il n'y a plus une once de résistance en lui et qu'il attend que je continue. J'adore ça. L'intérieur de mes cuisses pulse devant cette image de lui me surplombant, les jambes écartées, tout l'attirail à quelques centimètres de mon visage. J'enveloppe son sexe de mes lèvres et commence le travail avec entrain et désir. Enfonçant sa verge dans ma bouche, j'alterne les mouvements, tantôt rapides et tantôt lents. La pression que j'exerce sur son gland le fait gémir et il attrape la base de mes cheveux pour imposer un rythme. Son rythme. Je me laisse faire, creusant les joues pour lui procurer tout le plaisir dont je suis capable alors qu'il donne des coups de reins mesurés et secs pour faire disparaître sa queue entre mes lèvres…

Un juron s'échappe de sa bouche et il m'écarte de lui avec douceur et empressement. Il me soulève sans mal et me pose sur son bureau, après avoir déplacé quelques dossiers d'un geste de la main. Ma jupe se retrousse lorsque j'écarte les jambes, lui laissant tout l'espace dont il a besoin. Il embrasse l'intérieur de mes cuisses et je me cambre sous son assaut.

Il chatouille du bout de la langue mon sexe à travers mon collant et ma culotte avant de se lever. Il fait glisser les deux tissus, me caresse lentement avec ses doigts et s'empare fougueusement de ma bouche. Sa langue accède à la mienne avec ardeur. Elles s'enlacent, se taquinent, tandis que mes dents mordillent ses lèvres. Le membre déjà sorti et dressé fièrement entre nous, il ne lui faut qu'un mouvement de hanche pour me pénétrer. Je pousse un gémissement quand je le sens s'enfoncer jusqu'à la garde, sans préambule. C'est brutal, incontrôlé, et j'aime ça. Il me vole quelques baisers, étouffant ses râles contre mes lèvres, avant d'appuyer sur mon épaule et de m'allonger devant lui. Il me surplombe de toute sa hauteur. Il me pénètre avec force, les mains agrippées à mes hanches pour me maintenir en équilibre sur la surface dure de son bureau. La hauteur est parfaite, mes fesses butent sur le haut de ses cuisses à mesure qu'il s'enfonce en moi.

Il va et vient sans relâche, le regard vissé au mien. Je dois être dans le même état, les yeux troubles, les joues rouges et un plaisir qui déforme mes traits. L'une de ses mains glisse dans mon soutien-gorge et titille mon téton. La seconde me lâche la taille à son tour et frotte mon sexe dans une pression qui me donne le tournis. Les sensations sont merveilleuses et j'ai du mal à retenir les bruits qui sortent de ma gorge à mesure qu'il me caresse.

Le son d'un téléphone le fait s'immobiliser un instant, il jette un coup d'œil furtif autour de lui mais reprend vite son assaut. Il se penche sur moi et embrasse la peau de mon cou, léchant le creux de mon oreille, sans arrêter ses coups de reins réguliers.

À nouveau, la sonnerie retentit. Il plonge son regard dans le mien pour y chercher mon accord. Je n'ai pas envie qu'il s'arrête, pas plus qu'il réponde à ce fichu appel tant qu'il ne m'a pas fait jouir en bonne et due forme. Pourtant, alors que le portable continue de nous déranger, il finit par se redresser, attrape l'appareil et son visage blêmit lorsqu'il voit l'écran. Il s'écarte, le sexe pendu et hors de moi.

Je ne ressens plus que le vide et le froid entre nous.

Ce n'est pas possible.

Pas encore !

Je ferme les cuisses et pose mon bras sur mon visage. J'ai envie de pleurer. De crier. De le frapper. Tout à la fois, tant ma frustration est immense.

Vengeance 0-Perkins 2.

– Je dois impérativement répondre. Vous devriez partir.

« Vous ? »

Une gifle aurait eu moins d'effet. Je me lève du bureau, l'air me manque et je mets une seconde avant de calmer les battements dans ma poitrine. Je remonte ma culotte et mon collant, puis tire sur ma jupe pour la replacer comme il faut, contrariée par ce qui vient de se passer. Perkins a déjà rangé tout son attirail et boutonné son pantalon. Je le fusille du regard et il fait comme s'il ne me voyait pas. Il attrape son portable et décroche.

– Papa, désolé, j'étais occupé.

Bouillonnant de l'intérieur, je récupère un escarpin tombé dans la bataille et passe une main dans mes cheveux décoiffés. Il me tourne le dos, le combiné vissé à l'oreille, et fixe les buildings qui s'élèvent devant lui, à travers la fenêtre.

– Comment ça, ils n'ont pas reçu la commande ?

Je pars furieuse, faisant exprès de faire claquer mes talons sur le sol. Il jure dans mon dos, ce qui indique qu'il est *vraiment* énervé.

Tant mieux, moi aussi je le suis. Et c'est entièrement et toujours de sa faute.

– J'ai pourtant vérifié encore hier. Il doit y avoir une erreur.

Lorsque j'arrive à la porte, je l'ouvre et me retourne. Perkins me regarde, debout à la même place et un air presque contrarié tire les traits de son visage de connard. Je referme la porte, le cœur lourd, sans savoir si c'est pour son travail ou pour moi qu'il faisait cette tête-là.

15

Les fesses en l'air et les mains au sol, je souffle tout l'air de mes poumons. Les muscles de mes cuisses me tirent, mais la sensation me fait du bien. J'ai eu raison de venir à ce cours de Pilates ce matin et de ne pas me morfondre au fond de mon lit. L'exercice physique m'apaise et fait disparaître la tension que j'ai accumulée ces derniers jours.

À défaut d'un tout autre type d'exercice, qui lui n'a fait qu'augmenter ma frustration…

– On descend, on descend, répète la professeur de sport.

Des plaintes s'élèvent autour de moi, et j'entends Isabelle soupirer.

– Et on relâche.

Tout le monde se redresse et applaudit, remerciant la coach pour sa séance.

– C'était pas facile, ce matin !

Isabelle attrape sa bouteille et boit plusieurs gorgées, la respiration lourde. Je secoue la tête, la sueur perle dans mon cou et glisse entre mes seins. Je récupère la serviette dans mon sac de sport et frotte ma nuque pour décoller mes mèches de cheveux qui s'y sont agglutinées.

– Tu te sens mieux ?

– Oui, ça fait du bien.

Je ne lui ai pas révélé la raison de mon humeur de chien. Je n'ai pas eu encore l'occasion de lui raconter mes dernières frasques en compagnie de mon boss. Je ne me voyais pas lui avouer par téléphone et encore moins dans une salle aussi bondée. Néanmoins, je lui ai raconté en détail mon dîner de la semaine dernière et la rencontre du fameux Wade. Elle a failli s'étouffer avec son café. Elle est restée silencieuse une bonne minute, avant de jurer durant la suivante. C'était assez comique, elle avait du mal à s'en remettre. Je lui ai dit ô combien il avait été adorable avec ma sœur et mon beau-frère, à quel point il s'était montré sous un jour nouveau, et qu'il avait presque réussi à m'avoir aussi. Jusqu'à ce qu'il reprenne son masque d'Imperator, évidemment.

Forcément, cette conversation a eu lieu bien avant ce qui s'est passé ensuite.

Dans les archives.

Et sur son bureau, moi allongée, alors qu'il était penché sur moi et qu'il me…

Stop !

Je me fous une claque mentale, me jurant pour la centième fois depuis ce matin qu'il ne faut plus y penser. Jamais. Jamais. Jamais.

Et ce n'est pas une mince affaire quand mes sens se mettent à crépiter dès qu'un souvenir se faufile dans mon esprit. Isa va me tuer quand elle va se rendre compte que je lui ai caché une information aussi *énorme*.

C'est le cas de le dire.

– Josh vient te chercher ?

Mon amie acquiesce, un sourire presque niais sur le visage. Je lève les yeux au ciel devant son attitude.

– Tu veux qu'on te ramène ?

Je décline gentiment et, après avoir enlevé nos baskets pour enfiler nos chaussures de ville, nous attrapons nos sacs pour quitter la pièce qui s'est vidée. Mes cuisses sont encore douloureuses après les étirements que nous avons faits. J'ai du mal à marcher et peine à suivre Isa dans le couloir. Nous croisons plusieurs adhérents sur le chemin qui pénètrent dans la salle de musculation. Une énorme vitre permet à quiconque passant devant d'admirer hommes et femmes en plein effort physique sur des machines plus grosses les unes que les autres.

Autant dire un enfer sur terre quand tu sues comme un bœuf comme moi.

Je ralentis devant la fenêtre, curieuse d'y voir ces sportifs qui poussent, tirent et soulèvent ces engins de torture. Il y a quand même de sacrés spécimens dans cette pièce et c'est un plaisir pour les yeux. Le corps d'un homme bien bâti, c'est quand même le meilleur remontant pour un moral au plus bas... Surtout s'il est rendu moite par une activité physique intense.

Ma meilleure amie, arrivée à l'entrée du bâtiment, se retourne.

– Arrête de mater comme ça !

Je hausse les épaules en pouffant.

– C'est fait exprès, cette vitre. Autant en profiter !

Je lui lance un regard coquin et reporte mon attention une fraction de seconde sur la salle de musculation. J'ai remarqué un beau blond au fond dans l'angle de la salle et l'admirer une dernière fois me reboostera pour la semaine. Ses fesses moulées dans son short noir sont un véritable appel au crime. Je glousse comme une gamine et, alors que je m'apprête à rejoindre Isabelle, la porte à ma droite s'ouvre. Je n'y prête pas attention, ignorant le bruit des machines, les souffles et les râles d'effort qui résonnent dans le couloir, jusqu'à ce que j'entende dans mon dos :

– C'est de la bave que je vois là, mademoiselle Barnett ?

Ce n'est pas tant la question qui me fait sursauter, mais la voix que je reconnais sans même me retourner. J'ai les épaules qui se contractent et l'estomac qui se noue.

Il ne manquait plus que lui.

Je serre les dents et fais volte-face, tombant sur le regard moqueur de mon boss.

Forcément.

Habillé intégralement de noir, le corps luisant, il me scrute en souriant. Ce sourire présomptueux qui me donne envie de le baffer. Ses cheveux mouillés par la transpiration ondulent légèrement sur le dessus et cette vision me rend soudainement fébrile. Je n'avais encore jamais remarqué ce détail, et ça lui donne un petit quelque chose en plus.

Comme si c'était encore possible.

– Je pourrais presque penser que vous me suivez.

Le timbre de sa voix rauque se répercute immédiatement entre mes cuisses et j'ai un mal fou à retenir un couinement. Il me fixe de ses yeux sombres et ses lèvres s'étirent fièrement dans un sourire, dévoilant ses canines légèrement pointues. Il enroule sa serviette autour de sa nuque et attrape les deux côtés du tissu pour la maintenir en place, faisant gonfler les muscles de ses bras.

OK, Aprile, ne regarde surtout pas ça...

J'espère qu'il ne voit pas l'état dans lequel il est en train de me mettre.

– Vous faisiez du sport ? demande-t-il avec toute l'arrogance que je lui connais, comme s'il en doutait.

Un « connard » menace de passer la barrière de mes lèvres, mais je me retiens.

Tu vaux mieux que ça, Aprile.

Il parcourt mon corps du regard, détaillant ma tenue et s'arrêtant sans aucune gêne sur la naissance de mes seins qui sont engoncés dans ma brassière de sport. Il déglutit bruyamment.

Tiens donc, Archibald Perkins serait-il sensible à cette tenue...

Je jubile intérieurement.

– Du Pilates.

– Intéressant.

Il reporte son attention sur mon visage et ancre ses pupilles dans les miennes.

– De l'activité physique ne fait de mal à personne, soufflé-je.

Il sourit à nouveau et je pince les lèvres.

– Oh, monsieur Perkins. Bonjour !

Isabelle se matérialise à côté de moi, elle se penche et serre la main que mon patron lui tend. Le sourire qu'il avait jusqu'alors disparaît, laissant place au visage du chef d'entreprise.

– Bonjour, mademoiselle Howells.

Et un chouia aimable en prime. Quel progrès.

– Vous êtes membre de cette salle ? s'étonne mon amie.

– Oui, depuis plusieurs années.

– Eh bien, quelle coïncidence.

– En effet.

Isabelle attrape mes épaules et lance :

– Bon, on ne va pas vous déranger plus longtemps. On nous attend, Josh est là.

Soulagée par l'intervention inopinée de ma meilleure amie, je me laisse traîner vers la sortie. Ignorant le coup d'œil discret que Perkins me lance.

– Au revoir, chantonne gaiement Isa par-dessus son épaule.

Je sens le poids du regard de Perkins dans notre dos tandis que nous traversons le couloir jusqu'à l'entrée du bâtiment. Un homme est adossé contre une voiture noire. Lorsqu'il nous voit arriver, son visage s'éclaire et il s'avance vers nous.

– Je te présente Aprile.

– Enchanté, moi c'est Josh, répond-il joyeusement.

Il s'approche de moi et m'enlace dans une accolade amicale. Je me laisse faire, heureuse de rencontrer quelqu'un dont l'attitude est aussi charmante et bienveillante. Lorsqu'il me lâche enfin, un sourire radieux illumine mon visage.

– Je suis ravie de te connaître, avoué-je.

Et je le pense, parce qu'il a l'air absolument adorable. Il se tourne ensuite vers Isabelle qui attrape son bras pour venir se coller à lui. Je lui lance un coup d'œil rapide, confirmant silencieusement que ce mec a l'air top.

Plus que celui que l'on vient de quitter, en tout cas.

Stop, Aprile. On a dit quoi ?

Ne. Plus. Penser. À. P.E.R.K.I.N.S.

Imprime, ma vieille.

16

Je ne sais pas ce qui a piqué Perkins Junior, mais depuis lundi il est imbuvable, même lorsque nous ne nous retrouvons que tous les deux. Je l'ai croisé plusieurs fois dans les couloirs, et les seules choses qu'il m'a accordées, ce sont un regard noir et une remarque acerbe.

Ce mec est un connard. Flash info : je le savais déjà. Mais à ce point ?

Depuis que je l'ai croisé dimanche à la salle de sport, c'est un vent glacial qui s'échappe de sa bouche. À chaque fois qu'il parle, c'est pour être odieux. Il n'a jamais été aussi détestable. Jamais. Alors qu'on ne pouvait déjà pas faire pire. Et tout le monde l'a remarqué.

– C'est quoi, son problème ? demande Suzy, l'assistante en communication.

– Je ne sais pas, mais là, c'est pas possible, ajoute Gwen, l'une des responsables commerciales.

Une tasse de café dans les mains, elles fixent la porte par laquelle vient de disparaître notre patron. La salle de pause a le défaut d'être entourée de vitres, ce qui fait qu'à chaque fois qu'une personne passe devant, elle sait qui s'y trouve et ce qu'il s'y passe. Autant dire que c'est facile de voir qui ne travaille pas et pendant combien de temps. Lorsque Perkins nous a vues, il ne s'est pas empêché de venir nous faire remarquer qu'il serait temps qu'on retourne à notre poste, alors que nous venions à peine de nous arrêter de travailler.

Du Perkins tout craché, quoi !

– Faudrait peut-être qu'il se trouve quelqu'un, ça le détendrait.

Je manque de piquer un fard. Il s'est détendu il n'y a pas si longtemps que ça… Et je le sais mieux que personne. Suzy glousse et boit une gorgée dans son mug fumant. C'est une femme d'une cinquantaine d'années aux cheveux blonds et frisés. Ses lunettes noires et rondes contrastent avec la pâleur de sa peau et le bleu profond de ses yeux.

– Je ne l'ai jamais vu avec une femme, confesse Gwen.

Cela fait des années qu'elle travaille ici, elle a presque la quarantaine. Elle était là lorsque Perkins a pris la place de James, son grand frère parti à New York. Elle est de ceux qui ont connu le département sous les ordres des deux et c'est la première à nous rappeler qu'à l'époque où l'aîné était là, l'ambiance était nettement plus relax.

– Il est peut-être gay.

Les deux femmes s'esclaffent et je manque de m'étouffer avec mon café.

Alors ça... il n'y a pas de risque.

– Non, je ne pense pas, renchérit la responsable commerciale.

– Puis ça serait du gâchis.

Adossée contre le meuble à vaisselle, j'écoute silencieusement mes collègues qui sont assises dans le canapé d'angle. De vraies pipelettes.

– Pas vrai ?

Je mets un certain temps à comprendre que cette question m'est adressée.

– De ? demandé-je.

– Pas vrai que ce serait du gâchis s'il était gay ? répète Suzy.

Je hausse les épaules d'un air faussement désinvolte et désintéressé.

– Quand même, Aprile… commence Gwen.

– Même moi, alors que j'ai presque l'âge d'être sa mère, je le trouve séduisant.

– Oui, il est pas mal, dis-je pour leur faire plaisir.

L'image de son corps, de son torse lisse, dénudé, et de son pantalon déformé par le désir, s'immisce dans mon esprit et je la chasse avant qu'elle allume tous mes sens déjà à fleur de peau.

Pas mal n'est clairement pas le mot qui définit Perkins...

– T'es difficile.

– Avec quelques années de moins, et si je n'étais pas déjà mariée, crois-moi que je lui aurais fait du rentre-dedans.

Suzy regarde avec effarement, et non sans amusement, Gwen qui glousse.

– Ne me dis pas que tu ne le ferais pas non plus.

– Bon, d'accord... déclare Suzy en souriant espièglement.

– Après, je suis persuadée que c'est le genre d'homme à séparer boulot et vie privée.

Cette fois j'avale de travers mon café et tousse. Je tape contre ma poitrine pour faire passer la douleur qui se dégage de mes poumons. Aucune d'elles ne prête attention à moi. Je masse ma cage thoracique et reprends peu à peu mon souffle.

OK, cette conversation devient gênante.

– C'est surtout le genre d'homme à n'avoir personne. C'est un bourreau du travail. Tu le vois, toi, rentrer chez lui et être romantique et adorable avec une femme ?

Suzy rit aux propos de Gwen.

– Non, Perkins et sensibilité ne vont pas ensemble, grincé-je.

– Ça rime plutôt avec glaçon, enchaîne l'assistante en communication.

– Antipathique, ajoute la responsable.

– Insupportable.

Nous nous esclaffons toutes les trois. Perkins doit avoir les oreilles qui sifflent.

– Un jour, quelqu'un réussira à lui rendre sa part d'humanité.

Suzy lève sa tasse, pleine d'espoir.

C'est beau de rêver.

– S'il en a une, soufflé-je.

– Sous ses muscles de pierre, il doit bien y avoir un cœur, déclare Gwen.

– Aprile, au boulot.

L'assistante frappe des mains comme si elle voulait motiver des troupes. Je termine le fond de ma tasse et la dépose dans l'évier. J'ouvre l'eau et frotte le récipient avec du savon pour le nettoyer.

– Quoi, au boulot ?

– T'es jeune et belle, tu vas bien réussir à nous dérider tout ça !

– Tu parles de M. Perkins ? m'étonné-je.

Je fronce les sourcils et tente de rester de marbre malgré le salto qu'a fait mon estomac à cette éventualité.

– Tous nos espoirs de dénicher ce qui cloche chez lui reposent sur toi, continue-t-elle sous le regard hilare de Gwen. Tu peux bien te dévouer pour le bureau ?

– Alors là, tu ne sais pas dans quoi tu t'embarques, réponds-je, amusée. Je ne suis pas sûre d'être la personne faite pour ce travail fastidieux et irréalisable, si tu veux mon avis.

J'évite grandement de leur faire part des détails que j'ai en ma possession concernant le… dossier Perkins. Malgré nos – torrides – rapprochements physiques, il n'a pas montré une once d'empathie. Il n'a d'ailleurs pas hésité à se sauver comme un connard la première fois et à me faire sortir comme une malpropre la seconde.

Mes collègues se lèvent et j'attrape leur vaisselle lorsqu'elles arrivent à ma hauteur.

– Bon, eh bien, nous sommes condamnées à subir le triste sort qui est le nôtre.

– Supporter un patron tyrannique, ajoute Suzy en surjouant.

– Merci, Aprile, vraiment on apprécie ton investissement.

Je secoue la tête en gloussant tandis que mes collègues quittent la pièce, hilares.

– Heureusement que c'est le week-end ce soir, entends-je l'une d'elles dire.

Je termine la vaisselle et retourne tranquillement jusqu'à mon bureau pour me plonger à nouveau dans mon dossier.

***

– Barco ce soir ?

Je sursaute et porte ma main à ma poitrine, mon cœur martèle rapidement ma cage thoracique. Isabelle se trouve dans l'encadrement de ma porte de bureau et me fixe d'un regard suppliant.

Je lance un coup d'œil sur ce que j'ai accompli depuis le début de la semaine et me dis qu'il serait bien temps de me détendre un peu.

Surtout après tout ce qui m'est arrivé.

– Allez, j'arrive.

Mon amie lève les bras en l'air et secoue les hanches, heureuse de me voir capituler si rapidement et sans trop d'effort. J'enregistre mon travail et éteins mon ordinateur. Il n'est même pas dix-neuf heures et je remarque que c'est l'une des premières fois que je pars si tôt depuis un long moment. J'attrape mon manteau sur le dossier de ma chaise et l'enfile.

– Tout le monde y est déjà, confesse Isa.

– Pourquoi tu n'as pas suivi ?

– J'avais un truc à finir.

Ça m'arrange bien, parce que sinon je ne pense pas que j'aurais trouvé le courage d'aller l'y rejoindre. J'éteins les lumières de mon bureau et ferme la porte. Avant de prendre le couloir jusqu'aux ascenseurs, je lance un coup d'œil discret sur ma gauche. Rien n'échappe à Isabelle qui me sort :

– Il n'est plus là, ne t'en fais pas.

Je tourne la tête dans sa direction, elle a les mains dans

les poches de sa veste bleu marine. Je fais semblant de ne pas comprendre.

– Perkins, ajoute-t-elle. Je l'ai croisé devant les ascenseurs. Il s'en allait.

– Qu'est-ce qui lui est tombé sur la tête ?

– Aucune idée, glousse mon amie. Mais tant mieux, au moins il ne va pas te reprocher de partir si « tôt ».

Je ricane à mon tour et nous commençons à marcher pour quitter l'étage.

– Josh nous rejoint, normalement.

– Super, réponds-je, ravie. Je vais pouvoir enfin apprendre à le connaître.

– Oui.

Les joues d'Isabelle rougissent mais je m'abstiens de me moquer. J'ai le cœur qui fond devant la mine réjouie de ma meilleure amie.

La perspective d'une soirée détente à boire et à converser me donne le sourire. J'attrape le bras d'Isa lorsque nous sortons du bâtiment, et nous marchons d'un pas gai jusqu'au Barco. Je suis bien décidée à profiter de ma soirée, loin de tout ce qui me tracasse en ce moment. Avec un peu de chance, il y aura bien un mec pas mal pour me payer un verre…

17

Il ne nous faut pas longtemps pour trouver nos collègues installés autour d'une table à l'entrée du bar. Ils sont une bonne quinzaine, venant de tous les départements de chez Patience et je suis contente de voir certaines têtes que je ne fais que croiser en temps normal. Gwen est là, à côté d'Ethan et Lydia, deux de ses assistants. J'aime les rapports que nous entretenons tous les uns avec les autres, malgré la hiérarchie que nous devons imposer au travail, c'est totalement différent lorsque nous sommes dans un lieu neutre. Tout le monde discute, se confie, s'amuse.

Et là, tout de suite, c'est tout ce qu'il me faut.

– Salut ! lance Isabelle.

Plusieurs têtes se retournent joyeusement dans notre direction lorsque nous nous mélangeons au groupe. Les places assises manquent, néanmoins ça m'arrange. Après avoir passé plusieurs heures sur mon fauteuil de bureau, je suis bien contente d'être un peu debout. J'enlève mon manteau que je pose sur la banquette, à côté de Gwen.

– Je vous sers quelque chose ?

Je donne ma commande à la serveuse qui fait le tour de mes collègues pour noter les nouvelles boissons. Malgré notre proximité avec la porte d'entrée, la chaleur est à la limite du supportable. Le Barco, c'est l'endroit où toutes les personnes qui sortent du boulot se rejoignent. C'est un bar qui est toujours plein et animé. L'ambiance est décontractée, festive et bon enfant. De grands miroirs sont accrochés au fond de la pièce, créant une illusion de profondeur, accentuée par les lumières jaunes suspendues au plafond. Les murs sombres en bois et en pierre apportent un côté cocooning, comme un vieux pub. Des tables aussi bien hautes que basses sont éparpillées un peu partout, ne laissant guère d'espace pour circuler ou danser. Malgré tout, cela n'empêche pas de nombreux clients d'improviser des pistes de danse. Si l'endroit est vraiment sympa, le point négatif reste la musique qui est toujours trop forte, c'est compliqué d'entendre les conversations.

Nos verres arrivent en quelques minutes. J'ai à peine le temps de trinquer avec Isabelle et de boire une gorgée de mon gin tonic qu'elle me sort :

– Hé, mais c'est pas ton beau-frère, là-bas ?

Elle pointe du doigt le fond de la salle, dans un angle, une table essentiellement composée d'hommes. Je suis son geste et parcours les nombreux visages à la recherche de celui de Charly. Ce n'est pourtant pas celui du mari de ma sœur que mes yeux accrochent immédiatement, mais deux iris noirs qui me scrutent au loin. J'en sursaute presque.

Il ne manquait plus que ça.

Perkins est assis à côté de Dawson, le chef de ma meilleure amie, laquelle ne semble pas avoir remarqué leur présence. Une bière dans la main, il la porte à ses lèvres sans me lâcher du regard. Une multitude de picotements viennent s'immiscer dans mon estomac, tandis que mes joues et mon cou se mettent à irradier. Je détourne vivement la tête, le cœur battant.

De tous les bars autour du taf, fallait qu'il soit dans celui-là. J'y crois pas.

J'ai presque envie de demander à Isabelle de me gifler pour savoir si je rêve et si Archibald Perkins qui se mélange à la population n'est pas le fruit de mon imagination.

Lui avec le commun des mortels… Im-pro-ba-ble.

– Oh, merde, c'est Perkins là, non ? s'étonne mon amie.

OK, pas besoin d'une baffe. Il est bien là. Ce soir. Alors que je voulais une soirée de repos. Loin de mes tracas. Et donc nécessairement loin de lui.

Fait chier.

Plusieurs rires se répandent autour de moi, la plupart de mes collègues semblent également surpris de le voir dans ce bar. J'avais presque un doute qu'il soit un client habitué et qu'on ne m'en ait jamais informée. Si j'avais su que je l'y verrais, je n'y aurais pas mis les pieds. Ni ce soir ni plus jamais, en fait.

– Et c'est Dawson avec lui, constate Joye, une comptable.

– Ils ont le droit de se détendre aussi, s'exclame Ethan assis devant nous.

Mes collègues ricanent puis reprennent leurs conversations, comme si de rien n'était. J'avale une autre gorgée de mon verre, une plus grosse cette fois-ci, pour me redonner un peu de contenance.

Ne surtout pas regarder derrière toi, Aprile, c'est le mot d'ordre de la soirée.

***

Adossée contre une chaise, j'écoute Josh me relater sa rencontre avec Isabelle. Si j'ai déjà eu sa version à elle, la sienne à lui est hilarante. Il imite ma meilleure amie en détresse à merveille, et me fait m'étouffer de rire quand il explique ce qu'il a pensé d'elle lorsqu'il l'a vue totalement paniquée sur le bas-côté de la route. Au départ, le charme n'a clairement pas opéré, elle était hystérique. Rien d'étonnant quand on connaît le caractère extravagant de mon amie. Mais à mesure que les minutes s'écoulaient, sa vision a totalement changé. Il n'a pas hésité à lui déposer son numéro pour la revoir, un peu plus calme.

– C'est mignon, soufflé-je.

J'ai la voix pâteuse et les paupières lourdes. Je suis à mon quatrième gin tonic et je sens ma tête tourner légèrement. Ça fait un bail que je ne me suis pas autant laissée aller avec l'alcool et la sensation que ça provoque dans mon corps fait du bien.

– Je vais aux toilettes, annoncé-je lorsque je les vois commencer à s'enlacer.

Je n'ai pas du tout envie d'assister à ce genre de scène, les démonstrations d'amour, ce n'est vraiment pas mon truc. Je traverse la pièce, donnant des coups de coude pour me faire de la place, et arrive rapidement dans un couloir sombre aux murs tagués et colorés. Plusieurs portes fermées indiquent que je suis au bon endroit. J'attends que l'une d'elles s'ouvre et je m'enferme dans les dernières toilettes du fond.

Je lance un coup d'œil dans le miroir à moitié brisé et rencontre mon reflet fort peu avantageux. J'ai les cheveux aplatis, le teint fade et des cernes sous les yeux. J'ouvre le robinet, passe mes mains sous l'eau froide et frictionne ma nuque. Je frotte la peau fine sous mes yeux pour effacer le mascara qui a légèrement coulé de mes cils et tapote mes joues qui sont déjà rougies par l'alcool.

C'est pas du grand art, mais ça fera l'affaire !

Une fois le nécessaire fait, je me lave les mains et déverrouille la porte. Je suis surprise de ne voir aucune file d'attente pour prendre ma place, mais sursaute aussitôt que mon regard se pose sur un homme adossé contre le mur en face. Les bras croisés dans une chemise blanche, il me fixe, un sourire espiègle sur les lèvres.

– Monsieur Perkins.

– Aprile…

Je n'ai pas le temps d'analyser la situation qu'Archibald se rue sur moi et me pousse dans la pièce que je m'apprêtais à quitter. Il verrouille la porte et attrape ma nuque d'une main ferme. Son visage à quelques centimètres du mien, son souffle caresse ma peau. Il sent le rhum et la menthe, un mélange délicieux sur lui. L'air me manque et je halète lorsqu'il approche ses lèvres des miennes.

– Ça fait deux fois que je veux te donner quelque chose, mais que j'échoue lamentablement.

Son regard est brouillé par l'alcool mais une pointe de désir illumine ses iris et j'ai du mal à me concentrer sur autre chose. C'est brut et sauvage. Je sens le feu se répandre entre mes cuisses et tente de faire taire cette chaleur en pressant mes muscles l'un contre l'autre, en vain. Je déglutis difficilement, les lèvres et la gorge sèches. Il a toujours sa main à la base de mes cheveux, qu'il agrippe fermement, et sa bouche reste en suspens, dans un supplice latent.

J'ai envie qu'il m'embrasse.

– De la reconnaissance ? le provoqué-je.

Son regard pétille.

– Presque.

Nous n'avons qu'un pas à franchir pour que nos lèvres se rejoignent, un espace minime qu'aucun de nous ne réduit.

Sa voix est rauque et son torse se soulève irrégulièrement.

– J'ai peur de ne pas vous suivre, monsieur Perkins, haleté-je.

Je conserve le vouvoiement, essayant de maintenir une distance entre nous malgré sa proximité. Un sourire coquin se dessine sur son visage et mon cœur rate un battement. Difficile d'ignorer l'ambiance électrique et sexuelle qui nous enveloppe. La pièce est petite, sombre, et le bruit étouffé de la musique dans le bar nous parvient à peine. Je n'entends que nos respirations saccadées. La chaleur dans ma poitrine explose et rien ne réussit à faire cesser les fourmis entre mes jambes.

Je ne sais pas comment ce mec arrive à me mettre dans un tel état alors qu'il est odieux quatre-vingt-dix-neuf pour cent du temps et qu'il n'a jamais été capable de me faire jouir.

C'est insensé.

– Je vais te montrer.

Il fond finalement sur moi avec détermination. Sa bouche

s'abat violemment contre la mienne et il m'embrasse avec fougue. J'ai du mal à retenir le gémissement qui s'échappe de ma gorge et qui s'écrase contre sa langue, qu'il glisse entre mes lèvres. Son baiser est avide, sans retenue. Il m'attrape la taille pour me coller à son corps dur et chaud et je n'ai aucun mal à sentir le désir grossir contre mon bas-ventre.

Mon Dieu, ce mec va me rendre folle.

Il me plaque contre la porte verrouillée et s'attaque avec impatience à mon cou puis à ma poitrine qu'il libère en un rien de temps. Mon chemisier est ouvert et mon soutien-gorge est descendu sous les seins, il aspire un de mes tétons entre ses lèvres pleines. L'image est absolument divine et ma vue se trouble. Une main appuyée au-dessus de mon épaule, il défait avec frénésie le bouton de mon jean. En moins de temps qu'il n'en faut, il s'immisce dans ma culotte et titille mon clitoris d'un geste expert.

L'air me manque et je bascule la tête en arrière sous l'assaut de ses lèvres et de ses doigts. Je plonge les miens dans ses cheveux, que je tire et ébouriffe, lui arrachant des râles de plaisir. Sa bouche remonte jusqu'à ma clavicule, puis dans mon cou, pour finir son ascension sur mes lèvres. Il avale chacun de mes gémissements tandis que sa main s'active entre mes cuisses avec une dextérité déconcertante.

– J'aime t'entendre…

Je mords ma lèvre, essayant vainement de ne pas le satisfaire en poussant un nouveau son.

– T'aimes ça ?

Je redresse la tête et plonge mon regard dans ses iris sombres. J'ai la vue brouillée par le plaisir, mais les traits de son visage ne trompent pas. Il est excité, autant que moi.

– Tais-toi, soupiré-je entre deux caresses.

Il secoue la tête en souriant. Sa suffisance toujours plaquée sur le visage.

– Je sais que t'aimes ça.

Il embrasse mes joues, mon cou et le creux de mon oreille.

– Et je sais que tu n'as pas envie que je me taise.

Je le maudis autant que je le désire à cet instant. Il est ravi du plaisir qu'il m'offre, et je suis persuadée que ça regonfle son ego. J'ai envie de m'extraire de ses bras pour faire disparaître son insolence, sa satisfaction, mais j'en suis incapable. Ses provocations accentuent mon excitation et je me laisse faire.

– J'ai surtout envie que tu me fasses jouir, *pour une fois*.

Il plaque violemment ses lèvres contre les miennes tout en soupirant et masturbe mon sexe plus rapidement. Il ne m'en faut pas davantage pour que l'orgasme me foudroie. Il remplace sa bouche par sa paume et étouffe les bruits qui sortent de ma gorge. Les mains accrochées à ses épaules, je laisse la vague de plaisir se répandre dans tout mon corps. À bout de souffle, je reste un instant les yeux clos.

– Alors ?

Il enlève sa main tout en embrassant ma mâchoire. Je le sens sourire fièrement dans mon cou.

– Mission réussie, on dirait.

Perkins dans toute sa splendeur. J'ai envie de le gifler.

J'ai l'impression d'être un chiffon tant j'ai les muscles engourdis. J'ouvre les paupières et rencontre son regard lubrique. Son excitation n'est pas descendue et il est encore dur contre moi. J'hésite un instant à l'empoigner pour lui rendre la pareille, mais je me souviens immédiatement de l'état dans lequel il m'a laissée deux fois de suite.

À ton tour, mon gars.

D'un geste rapide, je boutonne mon jean et ouvre la porte, déterminée à le laisser en plan.

– Qu'est-ce que…

Je n'entends pas la suite de sa phrase et, d'un pas rapide, je disparais dans le couloir pour m'éloigner des toilettes. J'ai les joues en feu et mon visage pue le sexe à dix kilomètres. J'ai encore la respiration saccadée lorsque j'arrive à la table où se trouvent mes collègues. Ils sont à mille lieues de savoir ce qu'il vient de se passer. Je ne leur laisse pas le temps de me demander où j'étais que j'attrape mon manteau et annonce à Isabelle que je rentre.

Je suis assez soulagée de voir qu'elle ne s'en formalise pas, bien trop occupée avec Josh.

Je jette un dernier coup d'œil dans mon dos, en direction des toilettes, où je vois Perkins dans la pénombre. Je souris fièrement et quitte le bar.

J'ai eu ma vengeance.

18

Je n'ai aucun mal à trouver Isabelle et June sur la terrasse du bar où je leur ai donné rendez-vous. Depuis que je suis rentrée chez moi vendredi soir, après le Barco, je ne cesse de penser à ce qu'il s'est passé avec Perkins. Ça fait quinze jours que nous avons dérapé dans les archives. Sauf que maintenant que ça s'est réitéré – encore –, je ressens le besoin de me confier. J'estime que le silence a assez duré et il me faut des avis extérieurs.

Elles seules sauront me dire si j'ai fait une connerie. Ou du moins si elle est aussi grosse que ce que j'imagine.

Je passe devant plusieurs tables avant d'arriver à leur hauteur.

– On t'a commandé un café glacé !

Ma sœur me sourit en remontant ses lunettes de soleil sur le nez. Je m'assois sur la troisième chaise vide, en face d'un verre plein qui déborde de chantilly et de caramel. Pour un dimanche après-midi, les rues de Chicago sont pleines, les restaurants bondés et les parcs animés. Il fait beau et tout le monde a envie de profiter de la douceur de l'air printanier.

– Alors, qu'as-tu fait ?

Isa me fixe, impatiente. L'entrée en matière ne pouvait pas être plus directe. Moi qui pensais pouvoir tâter le terrain au préalable, je me retrouve face au mur.

– Comment ça, ce que j'ai fait ? Il me faut forcément une raison pour vous voir ? éludé-je.

Je l'aperçois lever les yeux au ciel derrière les verres teintés de ses lunettes. Elle a posé son menton dans la paume de sa main et me lorgne en silence.

– Tu nous as réunies dans un bar… répond ma sœur.

Elle attrape sa tasse qu'elle porte à ses lèvres et aspire dans la paille rose qui dépasse.

– Ça veut dire que tu as besoin d'être dans un lieu tranquille pour ne pas être écoutée par n'importe qui, poursuit Isa.

– Puis tu as terminé ton message par : « J'ai besoin de vous voir toutes les deux. »

– Et à chaque fois que tu nous réunis, c'est que c'est important. Ou que t'en as vraiment gros sur la patate !

Les filles se regardent, l'air complice. Le jour où j'ai présenté ma meilleure amie à June, le courant est immédiatement passé. Et ça m'a toujours fait chaud au cœur de voir les deux personnes qui me sont le plus chères être aussi proches.

– Non, on a déjà fait des soirées toutes les trois, sans qu'il y ait de raison particulière.

– Quand tu nous avais balancé que tu t'étais retapé ton ex ?

J'avais oublié cette affaire, il y a un an de ça. J'étais sortie avec un type quelques mois à la fac, ça s'était terminé parce qu'il ne se sentait pas prêt à aller plus loin avec moi. Je l'avais revu contre toute attente dans un magasin d'électroménager où j'étais allée pour acheter un nouveau grille-pain. Nous avions un peu discuté et j'avais fini par le rappeler le soir même, après avoir bu deux, trois verres seule chez moi. Je n'étais pas dans une super période à ce moment-là, je cherchais activement du travail, je me sentais nostalgique et j'avais besoin d'affection. J'avais appris le lendemain qu'il était en couple. Je m'étais sentie super mal pour la fille. Et encore plus pour moi, parce qu'il s'était de nouveau foutu de ma gueule.

– Ou quand tu t'es fait arnaquer sur un site, qui soi-disant offrait un voyage en Australie.

– N'oublie pas non plus quand…

– Stop ! Merci, les coupé-je.

Ma sœur glousse et je croise les bras. C'est vrai qu'il m'est arrivé de faire souvent des choses sans vraiment réfléchir et j'en ris à mon tour.

– Donc dis-nous, c'est quoi, cette fois ? me questionne June.

Elles ont toutes les deux l'air très amusées par la situation, loin de s'imaginer ce que je m'apprête à leur avouer. J'avale une gorgée de mon café glacé et inspire pour me donner du courage. Je secoue la tête, la bouche entrouverte.

C'est parti…

– J'ai sûrement fait une *petite* bêtise.

Je touille ma boisson pour mélanger la chantilly avec le café. « Petite » n'est pas vraiment le terme approprié, cela dit… Mais allons-y en douceur.

– J'ai peut-être, accidentellement, couché avec une personne qu'il ne fallait pas.

– *Accidentellement*, se marre June.

– Qu'est-ce que tu veux dire par « une personne qu'il ne fallait pas » ?

Le ton employé par Isa me crispe. Je souris nerveusement et mords ma lèvre.

– C'est quelqu'un du bureau ? poursuit-elle.

– Il se pourrait bien…

L'atmosphère joviale change en une fraction de seconde et se transforme en un silence pesant. Isabelle me sonde, les sourcils brusquement froncés.

– Ta *petite* bêtise, j'espère qu'elle n'est pas grande, brune et arrogante au possible ?

Je hausse les épaules, la bouche pincée.

Tout juste.

– T'as baisé avec ton boss ?

La voix de June s'élève plus qu'il ne faut, faisant se retourner plusieurs personnes dans notre direction.

– Moins fort, me plains-je.

– Mais t'es folle ! s'exclame ma sœur.

– Sérieusement, Aprile !

– Je suis sérieuse…

Les filles me fixent, l'effarement tire les traits de leur visage. June ouvre la bouche mais aucun son ne sort et elle lance un coup d'œil perdu à ma meilleure amie, silencieuse. La sueur perle dans mon dos tandis que nous nous scrutons sans dire un mot. Je n'ose pas en rajouter et attends que le choc soit passé.

– Mais je croyais que tu le détestais ? finit par reprendre ma sœur.

– Je le hais. C'est un connard, de A à Z.

Ce qui est vrai. Mais l'un n'empêche pas l'autre, malheureusement.

Isa ricane avant de dire :

– Enfin, Aprile, personnellement je ne couche pas avec les personnes que je n'aime pas.

– Et t'as pensé à ce qu'il pourrait se passer si un jour ça se savait ?

Je soupire et lorgne mon café glacé qui, à l'instant précis, me dégoûte plus qu'autre chose. Maintenant que les choses sont dites, je ressens une pression dans mon estomac et tout ce qui s'y trouve menace de s'échapper.

– Je n'ai pas vraiment eu le temps de me poser la question.

June rit nerveusement et Isabelle porte la main à sa bouche pour frotter ses lèvres. Elles ont l'air dépitées…

– C'était quand ? m'interroge ma sœur.

– Eh bien, ça a commencé après le poisson d'avril et notre repas, déclaré-je d'une voix incertaine.

Elles vont me tuer.

– Et tu ne nous l'avoues que maintenant ?

– Commencé ?

Ma meilleure amie plisse les paupières et hausse un sourcil.

Aïe.

Je me doutais que ça n'allait pas être une véritable partie de plaisir, mais j'espérais qu'elles réagiraient mieux. J'inspire, plus très certaine de vouloir m'embarquer plus loin, mais finis par confier :

– Ça s'est produit deux fois.

– Quoi ? s'exclame June, choquée.

– Deux fois ?

– Peut-être plutôt deux fois et demie.

J'ai envie de me cacher sous terre. Leurs yeux menacent de sortir de leurs orbites et elles gesticulent sur leurs chaises.

– Waouh ! Sérieux, je ne sais pas quoi dire. Je savais qu'il te plaisait un peu physiquement, mais de là à... enfin...

– Je n'ai rien prémédité.

– Je n'en doute pas, me rassure Isa. Mais comprends-nous, c'est un peu difficile à assimiler, là. C'est de Perkins qu'on parle, Aprile ! Pas juste d'un mec comme ça !

Je mords ma lèvre, dépitée.

C'est justement parce que c'est Perkins que c'est arrivé.

– Vous allez faire quoi ?

Le ton calme employé par ma sœur relâche la pression dans ma poitrine et je passe une main tremblante dans mes cheveux. L'ambiance autour de la table se détend doucement, et le visage des filles se radoucit.

– Il n'y a pas de « vous », commencé-je. Et moi, je ne sais pas. C'est pour ça que je vous en parle.

– Vous n'êtes pas ensemble ?

Je secoue la tête pour répondre à Isabelle.

– OK, on récapitule.

Ma sœur pose ses deux paumes devant elle.

– Dis-nous exactement tout ce qu'il s'est passé.

Elles se redressent et posent leurs coudes sur la table, comme si elles avaient 6 ans et qu'elles s'apprêtaient à écouter une histoire lue par leur mère. Sauf que ce que je vais leur raconter n'a rien d'un conte de fées. Et que Perkins n'est pas un prince. Je ne réfléchis pas longtemps et leur déballe tout, commençant par son arrivée inattendue dans les archives, sa fuite sans se retourner, me laissant en plan comme une vieille chaussette. Quitte à tout leur raconter, autant y aller dans le détail. Au point où j'en suis.

Je n'omets donc pas ma petite scène dans son bureau, avec la détermination d'avoir ce dont il m'avait privée la première fois. Ni même notre petite séance dans les toilettes du Barco.

– Voilà, conclus-je à la fin de mon récit.

– Tu l'as vraiment laissé sur le carreau ?

Je lance un coup d'œil surpris à ma meilleure amie. Après toutes les informations que je leur ai fournies, c'est donc seulement celle-ci qu'elle retient ? Je hoche la tête et elle se met soudainement à rire.

– T'es ma nouvelle héroïne.

– C'est méchant, se mêle June.

– Méchant ? Tu connais Perkins ?

Ma sœur s'apprête à répliquer que oui, elle le connaît, mais Isa la coupe dans son élan.

– Quand je te dis « connais », c'est « connais » aussi bien que nous. C'est-à-dire comme le gros con qu'il est !

– Con ou pas con, ça arrive à tout le monde d'être précoce.

– Venant de lui, c'est hilarant. Il redescend d'un coup de son trône.

– Bon, on peut parler un peu de moi et de ce que je dois faire ou pas ?

Elles s'arrêtent dans leur joute verbale et reportent leur attention sur moi.

– Je fais quoi ?

– Tu changes de boîte.

– Très drôle, répliqué-je à ma sœur. Sérieusement, j'ai besoin d'aide.

– T'en avais pas vraiment besoin quand t'avais les cuisses écartées et sa qu…

– Isa !

Les filles se marrent et je les imite. Ce fou rire a pour effet de détendre davantage l'atmosphère et ça fait du bien de retrouver un peu de légèreté.

– T'en as jamais parlé avec lui ?

– Non. Tu penses que je devrais ?

– Pour lui dire quoi ? s'étonne Isa.

– Que c'était une bêtise et que ça ne se reproduira plus.

– June, ils ont échoué trois fois. Tu crois vraiment qu'à la prochaine occasion, ils vont réussir à se retenir ? À d'autres.

Je lance un coup d'œil noir à mon amie qui l'ignore. Je n'en reviens pas qu'elle doute de mes capacités à repousser un homme.

Je ne suis pas un animal non plus ! Perkins ne fait pas ce qu'il veut de moi.

– Il faut bien. Est-ce qu'il t'a parlé d'une relation ?

Je secoue la tête.

– Et il n'a pas changé de comportement avec toi malgré ce qu'il s'est passé ?

– Aucun changement, toujours aussi détestable.

– Alors tu prends trop de risques. C'est ton supérieur. C'est le fils du P.-D.G. Et toi, t'es au début de ta carrière. Ça peut aller très vite.

Elle a raison. Sur le coup, je faisais surtout ce dont j'avais envie. Sans penser aux conséquences. Mais ma réputation pourrait vite en pâtir. Jamais on ne juge un homme pour ça, par contre une femme, on ne se gêne pas pour la cataloguer. On oublierait bien vite mes compétences dans mon domaine, et on penserait immédiatement que j'évolue en passant sous le bureau.

Et c'est loin d'être le cas !

– June n'a pas tort. Il ne perd strictement rien, lui, si ça s'apprend. Prends les devants. Connaissant le personnage, il tirerait une satisfaction supplémentaire à avoir cette discussion avant toi.

– Donc pour vous, je dois le confronter ?

– C'est pour le mieux, déclare June.

– Après, tu verras bien ce qui en ressortira. Mais au moins, les choses seront claires et posées.

– Vous avez raison.

J'expire l'air de mes poumons et croise les bras sur ma poitrine. De toute façon, cette situation ne peut pas durer. Il ne peut pas continuer d'être odieux devant, et derrière coucher avec moi quand bon lui semble. Ce n'est pas cohérent. Je ne suis pas un objet. Je ne dois plus le laisser faire. Et je ne dois plus essayer non plus. Jamais. J'attrape mon verre et termine mon café glacé d'une traite, déterminée.

– Par contre, j'ai besoin de savoir…

La lueur dans le regard d'Isa ne me dit rien qui vaille. Je la fixe, un sourcil relevé.

– Qui avait raison sur la théorie ?

– Quelle théorie ?

Elle lance un coup d'œil espiègle à ma sœur tandis que je glousse. Elles peuvent courir pour que je leur avoue ce *gros* détail.

19

Ce verre d'hier avec les filles m'a totalement reboostée. Elles ont eu raison sur toute la ligne. Ce qu'il se passe avec Perkins est une pure connerie, je risque gros pour ma carrière, et puis je le déteste. Je suis maintenant déterminée à entretenir des relations strictement *pro-fes-sion-nel-les* avec lui. Plus d'escapade dans les archives, de galipettes sur son bureau ou de passage dans les toilettes du Barco. Tout ça, c'est fini. Ce que nous avons fait était totalement irréfléchi.

Ma carrière avant tout. C'est mon nouveau mantra.

Je ne sais juste pas quand je vais trouver l'opportunité et le courage d'aller le confronter. J'étais prête en partant de chez moi ce matin, mais depuis que je suis au bureau, j'appréhende un peu. Pour le moment, j'arrive à me contrôler. Aussi bien mentalement, puisque je n'y ai pas pensé une seule fois de la journée, que physiquement. Mon corps ne m'a pas fait défaut. Cela dit, je ne l'ai pas croisé. Donc aucun risque que je défaille. Il est resté enfermé dans son bureau depuis que j'ai foulé le sol de l'étage. Voire bien avant, puisque lorsque je suis arrivée ce matin sa porte était déjà close.

Peut-être qu'il n'est pas là.

Du coin de l'œil, je lorgne le fond du couloir à travers ma verrière.

Il serait sorti au moins une fois si ça avait été le cas. Il est déjà presque quinze heures.

Aprile ! Tu. T'en. Fous.

Je secoue la tête, redresse le buste et reporte mon attention sur l'écran de mon ordinateur où un tableau et des dizaines de chiffres s'affichent. Je porte une main à mon front que je frictionne en plissant les paupières. Je suis distraite au bout de quelques minutes par un message qui atterrit dans ma boîte mail. J'ouvre la page et soupire quand je commence à lire les premières lignes qui apparaissent sous mes yeux. Je n'ai pas réellement le temps de terminer ma lecture que mon téléphone sonne. Je décroche le combiné et le porte à mon oreille.

– T'as reçu le mail ?

La voix aiguë d'Isabelle s'échappe de l'appareil et m'oblige à l'éloigner une fraction de seconde.

– Oui, je viens de l'ouvrir. Qu'est-ce qu'ils entendent par « séjour cohésion » ?

– On part quelques jours dans un endroit magnifique, avec une maison immense et on va faire plein d'activités géniales.

Ma meilleure amie a l'air totalement excitée par l'idée.

– T'en as déjà fait ?

– L'an dernier, on était partis dans le Wisconsin, pas loin du Apostle Islands National Lakeshore. C'était super ! Mais on y avait été fin mai, donc il commençait à faire chaud. Là, je ne sais pas trop comment ça va être.

– Ça se passe où et quand, cette fois ?

– T'as lu le mail ou pas ?

Je secoue la tête en souriant.

– J'ai pas eu le temps de terminer, j'ai décroché à ton appel.

Elle glousse.

– On part dimanche soir pour le Michigan. On va de l'autre côté du lac. Il y a une liste des choses à prendre avec nous en pièce jointe et les activités qui vont être proposées. On a même une description du logement. Ça va être dingue.

J'écoute d'une oreille distraite Isabelle qui est des plus enthousiastes à l'idée de partir et pianote sur mon ordinateur pour télécharger les documents du mail. Plusieurs pages apparaissent sur l'écran et je les parcours rapidement. Ils ont loué un chalet immense au bord du lac Michigan. Une demeure imposante, dont la devanture est entièrement faite de bois avec, il semblerait, un jacuzzi extérieur.

Pas mal.

– Bon, par contre, t'as vu qui vient ?

– Qui ? demandé-je, les yeux fixés sur les images de paysages.

– Tous les responsables déjà, donc autant te dire que Tess sera de la partie.

Je marmonne en soupirant et continue de faire défiler les pages. Le programme a l'air de se dérouler sur deux jours puisque le retour est programmé pour mercredi. Nous n'avons rien à prévoir hormis une valise et du covoiturage avec nos collègues. Tout est payé par la boîte qui insiste sur les finalités de cette escapade : l'esprit d'équipe, la cohésion et le renforcement des relations.

Le team building dans toute sa splendeur.

Néanmoins, ils ont l'air de vouloir qu'on se détende aussi, puisque des plages horaires de temps libre et des soirées à thèmes sont organisées.

Je sens peu à peu l'excitation me gagner à mon tour. C'est la première fois que je fais ce type de choses avec des collègues. Le lieu a l'air magnifique et les activités me tentent plutôt bien. Je suis ravie que ça tombe maintenant. J'avais besoin de me changer les idées et de m'éloigner un peu du bureau.

Ou plutôt de quelqu'un.

– Et Perkins est de la partie.

Douche froide.

Est-ce qu'on est obligés d'y aller ? Une personne en plus ou en moins, ça ne change rien. Si ?

– Je t'entends penser d'ici !

Je me rends compte que je n'ai pas parlé depuis plusieurs secondes.

– C'est obligatoire ? m'enquiers-je.

Je l'entends pouffer mais malgré son rire communicatif,

je n'arrive pas à me dérider. Rester trois nuits et deux jours sous le même toit qu'Archibald, à devoir risquer de le croiser parmi seulement une dizaine de personnes, l'enfer ! Autant dire que mon mantra et ma détermination vont être mis à rude épreuve. Je suis censée faire comment, moi ? Au travail, c'est facile. Enfin, faisable. À l'extérieur ? C'est mission impossible. J'imagine très bien ce genre de séjour et les rapprochements dont ils parlent.

Non, non et non.

***

Les yeux rivés sur le café qui coule, je n'entends pas la personne entrer dans la pièce et je ne réagis pas au raclement rauque dans mon dos.

– Vous travaillez parfois, mademoiselle Barnett, ou vous passez votre temps à faire des pauses ?

Ah. Ah. Ah.

Je me retourne en une fraction de seconde, faisant voler mes cheveux bruns par-dessus mon épaule, les paupières plissées et les sourcils froncés. Je lui lance un regard mauvais qu'il accueille avec un sourire suffisant dont lui seul a le secret. Mon estomac fait un salto et je serre les dents.

– Je vous retourne la question, monsieur Perkins. Je ne vous ai pas beaucoup vu aujourd'hui. Vous avez dormi toute la journée dans votre bureau ?

Il ricane tout en serrant davantage le nœud de sa cravate bleu ciel autour de son large cou. Son costume gris anthracite lui donne une allure à tomber. C'est la couleur que je préfère sur lui. Ça adoucit ses traits durs et lui donne une sacrée prestance. Imposante. Sexy. Je déglutis difficilement et laisse mon regard parcourir rapidement sa silhouette. Cela ne lui échappe pas et un sourire fier déforme ses traits. À claquer. Il passe une main dans ses cheveux et fait un pas dans ma direction. Nous sommes séparés par la grande table au centre de la salle de pause, néanmoins j'ai l'impression d'être à quelques centimètres de lui. J'arrive à sentir son odeur et ça m'électrise autant que ça m'énerve.

Lui et son parfum à la con !

Je ne comprends toujours pas ce qui m'empêche de garder la tête froide avec lui. Son charme ? Oui. Son physique de rêve ? Oui. La lueur d'humanité que j'ai décelée lorsqu'il était chez ma sœur ? Mon Dieu, oui. Et c'est bien ça qui est en train de prendre le dessus sur tout. Ça et… le désir incontrôlable que je ressens quand il est là.

– Je suis ravi de savoir que vous vous inquiétez de ne pas me voir.

Je pince les lèvres et contracte les muscles de ma mâchoire, agacée par lui et son arrogance, mais encore plus par mon corps qui ne peut s'empêcher de réagir. Si je pensais que ça allait être facile d'être professionnelle avec lui alors que je rêve de lui arracher la chemise et pire encore quand il arbore cette attitude de parfait connard, je me suis mis le doigt dans l'œil. Je pars avec une grosse épine dans le pied.

Voire un tronc d'arbre.

Je soupire et la conversation de la veille avec les filles me revient en mémoire. Ce qui s'est produit ne doit jamais se répéter. Il est mon patron et moi son employée. Les choses doivent rester comme ça et ne plus jamais déraper.

De bonnes résolutions, Aprile. Le tout c'est d'y croire !

– Nous devrions parler de ce qu'il s'est passé.

Il hausse un sourcil, comme s'il ne comprenait pas où je voulais en venir.

Fais l'idiot !

– Dans les archives, dans votre bureau et au Barc…

– Vous êtes sûre de vouloir en parler ici, Aprile ?

Mon prénom glisse sur sa langue. J'en frissonne.

Self-control.

Je parcours du regard la pièce dans laquelle nous nous trouvons. Malgré les grandes vitres qui l'entourent et qui nous exposent à n'importe qui passerait devant, je sais qu'il est tard. Nous sommes quasiment seuls à l'étage, si ce n'est totalement. Il est dix-neuf heures passées. Tous les associés ont quitté le bureau et personne ne vient jamais se faire un café à cette heure-là.

Ou alors ce serait vraiment de la malchance.

– Vous préférez faire ça dans mon bureau ?

Je le vois tiquer à ma question, comme si je venais de lui demander quelque chose de dégradant.

– Dans le mien.

Et puis quoi encore ? Pour que ça se termine comme la dernière fois ?

Je secoue la tête.

– Non. Nous sommes bien ici.

Il soupire et vient s'asseoir à moitié sur la table devant nous. Il croise les bras et me scrute en silence.

– Parlez !

– C'était une erreur. Ça ne doit jamais se reproduire.

Il ricane en baissant la tête puis ancre à nouveau ses yeux sombres dans les miens. Il n'a pas l'air mal à l'aise du tout, et moi ? Je suis fébrile au possible. Comment peut-il garder une distance aussi froide et pragmatique quand on sait que ce qui s'est passé entre nous est aussi… grave ? Ce mec est une banquise.

– Une erreur ?

Son sourire suffisant refait surface, comme si je racontais une blague quelconque.

– Je ne plaisante pas, grincé-je. Peut-être que ça vous amuse de sauter vos employées ou collègues, mais moi, je ne suis pas comme ça.

Son visage se ferme d'un seul coup. Sa mâchoire se crispe et la ligne parfaite de ses lèvres s'étire dans une moue irritée. Il fronce les sourcils et me fusille du regard.

– Mademoiselle Barnett, faites attention à votre langage. Dois-je vous rappeler qui je suis ?

Je ricane avec ironie.

– C'est justement parce que vous êtes qui vous êtes que je vous dis ça. Vous êtes mon patron et vous n'avez strictement rien à perdre de la situation. Moi, si.

– Vous pensez sincèrement que je risquerais votre carrière ?

– Ce n'est pas ce que vous faites, pourtant ?

Il m'observe sans rien dire, l'air furieux. Ses pupilles sont totalement dilatées et ses épaules sont plus imposantes qu'à l'accoutumée. Il expire bruyamment l'air de ses poumons et se remet debout avant de passer une main dans ses cheveux plaqués en arrière.

– Rentrez chez vous, mademoiselle Barnett. Il est tard, déclare-t-il.

Il frotte sur sa chemise pour l'aplatir et ferme le bouton de sa veste de costume.

– J'ai votre parole que ça ne se reproduira plus ?

La mâchoire toujours dure comme du granit, les muscles saillants et contractés, il fixe un point invisible.

– Vous l'avez.

– Très bien.

C'est ce que j'attendais de lui, et c'est ce que je me répète depuis hier, pourtant une sensation étrange se propage dans ma poitrine. J'ai la respiration irrégulière et je peine à reprendre mon souffle. Il se recule, prêt à partir, mais s'arrête à mi-chemin.

– Qu'en est-il pour vous ?

Les iris à nouveau braqués sur moi, il me scrute d'un œil moqueur. Je pique un fard, soudainement énervée qu'il puisse douter de moi. J'ai pris la décision de le confronter, lui prouvant que j'avais énormément à perdre dans cette affaire. Comment peut-il oser remettre en question ma parole ? J'ouvre la bouche, prête à répliquer, et il prend l'avantage en ajoutant :

– Parce que ce n'est pas moi qui me suis mis à genoux.

Les lèvres entrouvertes, je le sonde, ahurie, tandis qu'il

s'éclipse jusqu'à la sortie. Il se retourne et me lance d'une voix fière de parfait salopard :

– Mais au moins, pour une fois vous vous taisiez.

En une fraction de seconde il a disparu dans le couloir, il passe devant les grandes fenêtres sans même un regard dans ma direction. J'ai le sang qui pulse contre mes tempes et les jambes qui tremblent.

Si je pensais avoir pris l'avantage au début de la conversation, il vient de me prouver une nouvelle fois qu'avec lui, je ne l'aurai jamais entièrement.

20

Je m'assois sur mon lit et fixe ma valise fermée. J'essuie une goutte de sueur qui perle sur mon front d'un revers de la main et attrape mon téléphone. L'heure qui s'affiche sur l'écran me fait sursauter, je pousse un cri et cours jusque sous la douche.

Isabelle va me tuer.

Elle arrive d'ici quelques minutes et je ne suis même pas prête. Elle m'avait pourtant prévenue que je devais préparer mes affaires plus tôt pour ce séjour cohésion. Mais la semaine est passée à une vitesse folle, je n'y ai pas pensé. Et à vrai dire, j'ai repoussé un maximum ce moment. Déjà parce que je n'aime pas faire ma valise, il faut toujours faire un choix de vêtements et ça m'énerve. Je pars pour deux jours et j'ai autant d'affaires que si j'y restais quinze. Puis ça le rendait beaucoup trop concret.

Au fond de moi, je ne voulais déjà plus y aller. Je pensais qu'avec un peu de chance, mes prières allaient être exaucées et que ces deux jours dans le Michigan allaient être annulés.

Évidemment que non.

Après l'avoir ignoré et avoir longé les murs pendant la quasi-totalité de la semaine, je suis bonne pour me coltiner sa présence, et ce, sans possibilité de fuir. Je croyais que la confrontation allait être la partie la plus difficile, je me suis mis le doigt dans l'œil. Ce qui est pire, c'est de faire comme si de rien n'était. Faire comme si mon cœur ne s'emballait pas quand j'entends *sa* voix, ignorer les images qui se bousculent dans ma tête quand je passe devant *son* bureau ouvert, ou prétendre que ma peau frissonne à cause du froid quand je sens *son* parfum dans le couloir.

Forcément, tout ça m'a rendue irritable. Et deux jours de cohésion à le croiser inéluctablement ? C'est la cerise – trop amère – sur le gâteau.

Cohésion, cohésion. J'espère que lui aura des cours particuliers de relations humaines.

Je laisse l'eau chaude couler sur mon corps quelques minutes supplémentaires pour détendre mes muscles puis me sèche. Je m'habille en vitesse et j'ai à peine chaussé mes baskets que la sonnette de mon appartement retentit.

– J'arrive ! dis-je à l'interphone.

Je me précipite dans ma chambre, les cheveux encore mouillés, et attrape ma valise. Je la fais rouler derrière moi et enfile un manteau sur mes épaules. Je cours presque jusqu'à l'ascenseur de l'immeuble, essayant tant bien que mal de ne pas perdre quelque chose en route. J'arrive dans le hall assez vite et fais signe à Isa qui m'attend adossée contre sa petite voiture rouge criard.

– Tu sors à peine de la douche ?

Je fais un sourire coupable et elle rit. Elle ouvre le coffre et soulève mon bagage pour l'y ranger avec le sien.

– T'as mis quoi là-dedans ?

Je glousse tout en me dirigeant vers l'avant du véhicule pour m'installer côté passager.

– Dans la liste, ils ont dit d'apporter des vêtements pratiques, décontractés et habillés. J'ai apporté deux tenues de chaque, au cas où.

– Et je suppose que t'as apporté des chaussures pour toutes les tenues, dit-elle en s'insérant dans la circulation.

– Tu supposes bien.

Mon amie ricane, un air réprobateur sur le visage. Elle sait comment je fonctionne. Je suis *team* « je prépare mes tenues le matin même en sortant de la douche », impensable pour quelqu'un comme Isa qui prévoit ses fringues limite une semaine à l'avance. Elle sait même quel sous-vêtement elle va porter *des jours* à l'avance. Du grand délire !

– T'as pensé au maillot de bain ?

– Oui, j'en ai pris deux.

Amusée, elle allume la radio lorsque nous pénétrons sur l'autoroute. Les deux premières heures de trajet se passent assez rapidement et dans une ambiance bon enfant. Isabelle a une panoplie de vieilles musiques dans son téléphone et nous passons un bon moment à chanter de nos voix de crécelle particulièrement fausses. Lorsque nous apercevons une aire de repos, nous décidons de nous arrêter pour nous dégourdir un instant les jambes. J'achète deux cafés puis rejoins Isa adossée contre son véhicule.

– Tu gères, merci !

Elle attrape le gobelet que je lui tends et ouvre le couvercle en s'extasiant devant le contenu.

– Au lait avec deux sucres, comme tu les aimes.

– T'es une vraie pote !

Elle tape son poing contre son cœur et pointe son doigt ensuite sur moi. Hilare, je contourne la voiture pour m'installer côté conducteur. La musique en fond, un silence apaisant s'installe dans l'habitacle tandis que nous reprenons notre route. J'ai l'estomac qui se serre quand je vois le panneau annonçant la destination à quelques kilomètres seulement. La nuit est totalement tombée et la fatigue commence à me gagner, même si l'appréhension et l'adrénaline me tiennent parfaitement éveillée.

– Ça va ?

Je lance un coup d'œil à Isabelle qui me scrute, le coude posé contre le rebord de la fenêtre.

– Oui, et toi ? dis-je sans trop savoir si c'est ça qu'elle attendait comme réponse.

– T'es tendue, je le sens.

Je reporte mon attention sur le trajet et hausse les épaules.

– J'appréhende un peu, c'est vrai.

– Il a changé de comportement depuis votre conversation lundi ?

– Non, il est toujours imbuvable. Si ce n'est plus parfois. On a des relations strictement professionnelles. Aucune allusion, rien. Comme s'il ne s'était jamais passé quoi que ce soit. C'est ce que je voulais, c'est ce qui est le mieux mais… je sais pas.

– Ça te fait chier ?

Je déglutis pour faire disparaître la boule qui s'est formée dans ma gorge. Je ne comprends pas la réaction de mon corps, je me sens soudainement à fleur de peau et je suis tout près de m'effondrer en larmes. Vivement qu'on arrive et que je m'affale dans mon lit pour dormir. Je manque cruellement de sommeil et la voiture a tendance à m'endormir.

– J'avais pas le choix.

– Ce n'est pas ce que je t'ai demandé.

Je sens le regard d'Isabelle braqué sur moi, pourtant je reste concentrée sur la route.

– Je te connais, Aprile. Même si tu sais t'amuser, rencontrer des hommes et avoir des relations sans lendemain, quand tu réitères plusieurs fois, c'est que t'as de l'intérêt pour la personne.

– Je n'ai jamais caché qu'il me plaisait, mais ça ne fait pas tout.

– Je sais, c'est compliqué toute cette histoire. C'est un connard fini et c'est ton boss. Mais t'as le droit d'avoir du mal à supporter la situation. C'est humain.

Je soupire et serre le volant plus qu'il n'en faut.

– Je pensais que faire semblant qu'il ne s'était rien passé allait être plus facile, confessé-je. Et ça me rend folle de voir que lui y arrive très bien.

– De l'extérieur, peut-être.

– Isa, on parle de Perkins. Rien ne le touche.

Je l'entends souffler bruyamment. Je n'ai pas besoin de lui en dire plus pour la convaincre.

– Profite de ces deux jours pour te détendre et t'amuser.

– Avec lui dans les parages ?

– Justement, c'est le meilleur moyen de lui faire croire que pour toi aussi, c'était que du flan. Un amusement et pas plus.

Je suis les panneaux et sors de l'artère pour pénétrer dans un terrain moins éclairé que la route principale.

– T'as apporté tes plus belles tenues ?

– Mes talons les plus hauts et mes maillots les plus sexy.

– Bien, c'est un bon début, s'amuse-t-elle. Il va falloir trouver une cible maintenant.

– Une cible ?

– Un substitut pour le rendre jaloux. Aprile, c'est la base !

– Non, je ne vais pas utiliser un autre homme. C'est mesquin.

Je lance un coup d'œil à Isabelle qui pince l'arête de son nez, presque agacée par mon manque de perspicacité.

– Ce n'est pas mesquin, faut y aller doucement. Je ne te demande pas de galocher le premier venu, mais d'être un peu plus ouverte que d'habitude.

– Et en quoi ça rendrait jaloux Perkins ?

– C'est un homme. Tous les hommes qui ont couché avec une nana gardent une certaine possessivité envers elle. C'est scientifique. C'est prouvé. L'ego masculin fait faire n'importe quoi, même aux banquises comme Perkins.

– T'as lu ça où encore ? Dans un de tes vieux articles en ligne ? Arrête de lire tes merdes. Dans la vraie vie, il y a des types qui s'en tapent royalement quand leur ancien plan cul voit quelqu'un d'autre.

– On parle de Perkins là, à l'arrogance et à la supériorité surdimensionnées.

Elle place les paumes de ses mains vers le ciel et je ne peux m'empêcher de rire. C'est l'idée et l'argument les plus débiles que j'ai entendus.

– Ethan ferait un bon substitut.

– Il fréquente Joye, je te signale.

– Sérieux ? s'étonne Isabelle.

– Eh oui, réveille-toi, ma vieille, ça fait plusieurs semaines.

– Mais elle est dans mon service et je n'ai rien vu.

– Tu rouilles.

Je reçois une tape sur l'épaule comme réponse et je glousse en frottant rapidement la zone.

– L'autre alors, Oliver.

– Tu vas me citer tous les gars de mon département ? Et puis, il est pas un peu jeune, non ?

– On s'en fiche, c'est juste histoire de. Des sourires, des coups d'œil et le tour est joué.

L'immense maison en bois foncé se matérialise sous mes yeux et me rend soudainement silencieuse. Quelques voitures sont garées devant, dont la voiture de Perkins que je reconnais immédiatement. Un énorme Dodge noir, à la hauteur de son ego et de la couleur de son âme.

Super.

J'ouvre la portière et sors de la voiture à reculons. Je m'étire en bâillant puis récupère ma valise déjà sortie du coffre. Isabelle se positionne à côté de moi et encadre mes épaules de ses bras.

– Allez, ça va bien se passer, dit-elle pour m'encourager.

La lumière extérieure s'allume sur notre passage, éclairant le sentier qui mène à l'entrée, et nous pénétrons dans la demeure en silence.

– Vous avez vu l'heure ?

Mon estomac fait un salto lorsque Perkins apparaît sur le perron. Ma meilleure amie me lance un coup d'œil équivoque. Elle vient de prendre conscience que le séjour n'allait pas être si agréable que ce qu'elle pensait.

Il va y avoir du boulot.

21

Habillé d'un jean et d'un pull en laine beige, il a un look à l'opposé de ce qu'il porte d'habitude. Je retrouve le Perkins que j'ai vu au dîner chez ma sœur et Charly, à la différence que son visage est loin d'être amical. Ses traits sont tirés et son regard est froid. Il est exaspéré et il ne s'en cache pas. Ce n'est pas comme si on avait une heure d'arrivée à respecter et qu'il était obligé de nous attendre. Il aurait pu demander à Dawson de nous accueillir, ou nous laisser un mot, une clé. J'aurais préféré me débrouiller seule, galérer à trouver ma chambre, plutôt qu'être accueillie par monsieur Banquise-et-tête-de-con.

– Bonsoir, lance Isabelle.

Les cheveux de Perkins sont ébouriffés. Il n'a pas mis de gel et a laissé ses boucles brunes onduler sur le haut de son crâne. J'ai affaire au même spectacle qu'à la salle de sport et j'ai du mal à empêcher mon cœur d'exploser dans ma poitrine. Il est magnifique, l'air renfrogné et en total look *casual*. Bien plus qu'avec ses costumes parfaitement repassés et sa coiffure lisse. De légers cernes cerclent ses paupières et lui donnent un côté moins dur, plus fragile.

– Vous êtes les dernières. Tout le monde est parti se coucher.

Allure qui – évidemment – disparaît lorsqu'il ouvre la bouche.

– Vous auriez dû faire de même.

Un silence de mort s'installe entre nous. À en juger par la sueur qui perle dans mon dos, l'étonnement mélangé à l'amusement que je lis sur le visage d'Isa, et Perkins qui me foudroie sur place, je ne sais pas lequel de nous trois est le plus surpris par ma repartie.

– Et si vous aviez eu un problème sur la route ?

– Les téléphones existent.

Un duel de regards débute entre lui et moi. La mâchoire serrée, il rompt le contact et enfonce les mains dans ses poches.

– Suivez-moi, se contente-t-il de répondre.

Sa voix est rocailleuse et montre clairement la fatigue qu'il ressent. Il est minuit passé et je me sens soudainement coupable d'avoir pris la route si tard. Ils avaient sûrement pour mot d'ordre, Dawson et lui, d'être là à chaque arrivée, et à force de nous attendre, l'un d'eux a fini par abandonner au détriment de l'autre.

– Les chambres sont à l'étage, je vais vous montrer les vôtres.

Nous le suivons en silence et pénétrons dans un immense salon où se trouve une mezzanine. Les narines dilatées, j'inspire l'odeur boisée qu'il laisse sur son passage et que je ne peux éviter.

L'espace est très peu éclairé, néanmoins on distingue plusieurs canapés, une grande télévision accrochée au mur, une cheminée et une baie vitrée qui donne sur l'extérieur. La nuit noire ne permet pas de distinguer la vue, mais vu les photos que j'ai consultées avant de partir, elle est superbe. Nous montons les marches et traversons plusieurs couloirs aux murs blancs, très peu décorés, avant d'arriver à destination.

– La première est ici.

Il nous montre une pièce avec un grand lit, deux tables de chevet et un dressing. Il ne nous laisse pas le temps de contempler et ouvre une deuxième porte qui mène à une salle de bains contenant le strict nécessaire, à savoir une douche, un lavabo, des toilettes et un miroir. Puis il continue son ascension jusqu'à une autre chambre quasiment identique.

– Pratiquement toutes les chambres ont une salle de bains commune.

Isa se contente de secouer la tête et moi, une tout autre pensée me traverse l'esprit. Je me demande avec qui il partage la sienne…

Et où est sa chambre ?

Puis je me reprends vivement.

C'est pas comme si tu allais t'y rendre, ma vieille !

– Demain, soyez prêtes pour huit heures. Rendez-vous dans la salle commune.

Dans un courant d'air, il s'éclipse, nous laissant pantoises un instant au milieu de la pièce.

– C'était de l'accueil.

– Tu comprends pourquoi j'appréhendais ?

Isabelle se mord la lèvre et glousse.

– Ça va être plus difficile que ce que je pensais, en effet.

– Merci de ton soutien.

Elle rit à nouveau, s'avance jusqu'à moi et pose ses mains sur mes épaules.

– Ça va bien se passer, j'en suis sûre.

– Hum !

– Tu prends laquelle ? demande Isa en s'éloignant jusqu'à la salle de bains.

– Celle-ci.

– Parfait, je voulais l'autre.

Elle me souhaite une bonne nuit avec un dernier geste de la main, puis va s'enfermer dans sa chambre. Je m'affale sur le lit et fixe le plafond en silence, me remémorant les précédentes minutes.

Ces deux jours vont être tellement longs.

Surtout s'il reste coiffé et habillé comme ça.

J'attrape un oreiller que je colle à mon visage pour crier dedans.

Qu'est-ce que j'ai fait dans une vie antérieure pour mériter ça ?

***

Je n'ai pas réussi à fermer l'œil de la nuit. J'ai donc une mine affreuse que j'ai tenté de cacher avec du fond de teint, en vain. Mes cernes violets sont toujours apparents et j'ai les paupières gonflées comme si j'avais passé des heures à pleurer. Je n'ai même pas eu la foi de me laver les cheveux, préférant un chignon rapide. De toute façon, j'ai une sale gueule ce matin, alors…

Je ressemble à un tableau de Picasso, sérieux !

Le point positif est qu'il est sept heures et demie et je suis la première à arriver dans le salon. J'avance jusqu'à la baie vitrée qui donne sur le lac. Les lumières de ce matin d'avril et le ciel qui se reflète sur l'eau me coupent le souffle. J'admire le paysage et laisse le silence m'apaiser. Je ne suis pas spécialement une lève-tôt, j'en ai pris l'habitude à cause du travail. Mais de base, je suis plutôt quelqu'un qui aime larver dans son lit. Néanmoins, je trouve qu'il y a des avantages à ne pas faire la grasse matinée. À commencer par ce calme et par le spectacle qu'offre la nature qui se réveille.

– Mademoiselle Barnett, bonjour. Vous avez passé une bonne nuit ?

Je me retourne vers Dawson qui vient de passer l'encadrement de la porte. Il a les mains chargées de boîtes cartonnées d'où dépassent des donuts, cupcakes et autres pâtisseries.

– Bonjour. Oui, mens-je, et vous ?

– Très bonne, merci.

– Vous avez besoin d'aide ?

Il dépose les cartons sur la table collée au mur du fond surplombée par un impressionnant tableau de forêt, où se trouvent déjà de grosses bouteilles isothermes, des fruits, des serviettes, assiettes et couverts.

– Non, je vous remercie. Asseyez-vous. Profitez de ce petit moment de calme.

Il s'éclipse à nouveau en souriant et revient quelques secondes plus tard avec d'autres boîtes. Il est suivi par Perkins qui s'arrête un instant en me voyant. Celui-ci tient un plateau de tasses entre les mains, et l'atmosphère apaisante qui régnait dans la salle disparaît lorsqu'il traverse la pièce en silence.

– Bonjour, monsieur Perkins.

– Bonjour, marmonne-t-il.

Visiblement, je ne suis pas la seule à être bougon ce matin. Même si Bougon est le troisième prénom de Perkins. Le deuxième, c'est Connard. Classique.

Son jean brut et son sweat noir sont aussi sombres que son humeur, j'aurais dû m'en douter. Les bras croisés, je me retourne vers le lac pour retrouver un peu de sérénité et espérer faire cesser l'affolement de mon cœur.

– Salut ! s'exclame Ethan en descendant les escaliers.

Il est suivi de près par Johnson et Harrison, du département des ressources humaines.

– Un café ? propose Dawson.

Les hommes acquiescent et se dirigent vers la table. Le salon commence peu à peu à s'animer et je décide de m'approcher du groupe qui se forme.

– Vous en voulez un ?

Je remarque que Dawson s'adresse à moi, une bouteille isotherme dans les mains.

– Volontiers, merci.

Il saisit une tasse et commence à verser le liquide brun et chaud dans le récipient. J'attrape un donut au chocolat et croque avidement dedans. Je vois Dawson commencer à ouvrir la boîte de sucre pour en verser dans mon café. La bouche pleine, je m'apprête à lui indiquer que je l'aime noir quand une voix grave me devance :

– Elle le prend sans sucre.

J'avale tout rond ma bouchée qui reste coincée au fond de ma gorge. Je tousse discrètement et porte ma main à ma poitrine. Le directeur financier lance un coup d'œil confus à son acolyte qui n'y fait pas attention, concentré sur les cupcakes qu'il dépose dans des assiettes.

Comment il sait ça ?

– Du lait ?

Je secoue la tête et attrape la tasse sous le regard indéchiffrable de Perkins qui me scrute en coin. Je romps le contact visuel et remercie une nouvelle fois Dawson avant de m'éloigner de la table.

Je n'ai pas réellement le temps de m'attarder sur ce qu'il vient de se passer qu'Isabelle arrive dans un courant d'air frais, joviale.

– Salut la compagnie !

Elle reçoit plusieurs réponses dans une humeur similaire et se pose à côté de moi.

– Ça m'a l'air bon, ça.

Elle lorgne mon donut et me vole un morceau.

– Eh !

J'éloigne le gâteau de son visage et plisse les paupières, l'air faussement énervé. Elle éclate de rire avant de passer sa langue sur ses lèvres pour effacer les traces de chocolat. Elle fait volte-face et trottine en direction de la table avant de revenir avec une assiette pleine de merveilles.

– Maintenant que tout le monde est là, nous allons pouvoir commencer.

Perkins s'est mis dos à la baie vitrée, un dossier dans les mains, et feuillette jusqu'à atterrir sur la page voulue.

– Je ne vais pas vous faire l'affront de répéter le programme. Vous l'avez déjà tous lu, j'en suis certain.

Quelques rires timides s'élèvent. Il parcourt la salle d'un regard sarcastique, omettant – volontairement ou non – l'endroit où je me situe, et poursuit :

– Aujourd'hui, l'objectif est le phare de Little Sable Point. Vous allez être répartis en deux équipes : les rouges et les bleus. Vous garderez cette équipe tout le long du séjour.

Dawson lève deux dossiers aux couleurs citées pour marquer les propos de son collègue.

– Vous allez partir de deux endroits différents et devoir user de votre esprit d'équipe pour vous orienter et arriver en premier. L'équipe gagnante recevra un prix.

– Nous serons chacun dans une équipe mais nous ne participerons pas aux décisions. Nous ne serons là que pour voir comment vous vous débrouillez, quelles décisions vous prenez, l'ambiance du groupe. Bref ! Vous l'aurez compris, on cherche de la cohésion, ajoute Dawson.

Je prie intérieurement pour échapper à l'équipe de Perkins. Consciente que si je me le tape – au sens figuré du terme – pendant deux jours, ça sera clairement la goutte d'eau qui fera déborder le vase.

Laissez-moi un peu de répit, s'il vous plaît.

J'écoute d'une oreille distraite le reste des explications. La seule chose que je retiens est qu'après le débriefing de retour, nous aurons quelques heures de temps libre, où nous pourrons aller nous balader ou nous détendre autour de la piscine et du jacuzzi. Il me tarde donc que la journée se passe pour pouvoir lézarder dans l'eau.

– L'équipe rouge est avec moi, déclare Archibald.

Il énumère les noms un à un et Isabelle me lance un sourire dépité quand elle est appelée.

– Les autres, vous êtes avec Dawson.

Il ferme son dossier et tout le monde se lève. Je ressens une sorte de déception de ne pas être avec ma meilleure amie et d'être bloquée avec Tess Lewis pour deux jours d'activités. Mais le soulagement prend vite le dessus :

Je. Ne. Suis. Pas. Avec. Perkins.

You-pi !

Nous nous retrouvons tous dehors, devant les voitures, nos baskets chaussées et nos sacs à dos sur les épaules. Tout est parfaitement bien organisé puisque des boîtes à lunch ont été fournies à chacun de nous, avec des bouteilles d'eau et des snacks afin que nous n'ayons pas besoin de dépenser quoi que ce soit pour manger. Nous déterminons quels véhicules sont réquisitionnés et alors que je me dirige vers la voiture d'Oliver, une présence se matérialise à côté de moi. Imposante, chaude et à l'odeur reconnaissable entre mille.

– Je ne vais pas pouvoir vérifier si vous êtes efficace, raille Perkins.

– Quel dommage, réponds-je avec un sourire de faux jeton.

– Voyons voir si vous savez vous débrouiller quand je ne suis pas là pour vous rappeler à l'ordre.

Je ris jaune, me retenant de lui arracher ce sourire suffisant avec les dents.

– Ne vous en faites pas. Je me porte bien mieux quand vous n'êtes pas collé à mes fesses.

Je m'en veux dès que les derniers mots s'échappent de mes lèvres. Pour autant, je n'en montre rien et reste impassible. Sans attendre sa réaction, je le dépasse en vitesse pour pénétrer dans la voiture de mon collègue. Dans mon champ de vision, je remarque qu'il n'a pas bougé de place. Il est immobile à quelques mètres du véhicule et regarde fixement dans ma direction avant de s'éloigner à son tour.

22

La serviette accrochée à la poitrine, je sors de la salle de bains. Allongée sur mon lit, Isa relève les yeux de l'écran de son téléphone.

– Et alors, avec Tess, c'était comment ?

Je me sèche et enfile des sous-vêtements propres, loin de me soucier d'exposer ma nudité devant ma pote. J'ai passé l'âge d'être complexée.

– On n'a pas vraiment parlé. Quand j'étais devant, elle était derrière, et quand j'étais derrière, elle était devant.

J'attrape le tube de crème dans mon vanity et commence par hydrater mes jambes.

– Après, lorsqu'on devait prendre des décisions concernant les chemins à prendre, on s'entendait plutôt bien. Enfin, on avait les mêmes arguments.

– Étonnant, glousse ma meilleure amie.

– Ouais, ça m'a surprise. Mais c'était pas désagréable. Dommage que ça ne se passe pas comme ça au bureau.

– Ça serait drôle que vous finissiez par vous entendre à la fin de ce séjour.

– Ce n'est pas le but ? Ils veulent qu'on finisse tous copains et soudés, non ?

J'accentue mes derniers mots d'une ironie non dissimulée.

– Et de ton côté, il était comment, *mister* Connard ?

Isabelle se redresse et plisse les paupières.

– Silencieux.

– Silencieux ?

– Je te jure. Et quand il parlait, il était limite *aimable*.

– Tu te fous de moi ?

Elle secoue la tête en riant. Je l'étudie un instant et constate qu'elle ne se moque pas de moi.

– Ça a du bon, la nature.

– Je ne crois pas aux miracles, ajouté-je en refermant mon tube de crème.

J'attrape mon jean clair et un T-shirt blanc que j'enfile en quelques secondes puis m'empare d'un pull rose pâle à grosses mailles.

– C'est bon, t'es prête ? Je meurs de faim.

– Descends sans moi si tu veux, je vais sécher mes cheveux avant.

Isabelle se lève et me fait un signe de main avant de disparaître dans le couloir. Une fois partiellement coiffée et le visage un peu plus frais, je sors de ma chambre. Mon cœur rate un battement quand je tombe nez à nez avec Archibald qui s'apprête à pénétrer dans la pièce d'en face. En silence, je passe devant lui mais je m'arrête lorsque sa voix s'élève :

– Bravo pour la victoire de votre équipe.

Je me retourne, faisant virevolter mes cheveux, et l'odeur du shampoing à la pivoine que j'ai utilisé plus tôt envahit mes narines.

– Je vous l'avais dit. Je me débrouille bien sans vous.

Nous nous étudions un moment et, la main toujours sur la poignée de la porte, il ajoute :

– Le repas est annulé. Si vous avez faim, vous trouverez tout ce qu'il vous faut dans la cuisine.

Sur ces mots, il entre dans ce qui semble être sa chambre, pile-poil en face de la mienne, et me laisse seule au milieu du couloir. Maintenant que je sais où il dort, je sens que ma deuxième nuit va être encore plus agitée que la première.

Génial !

J'avance jusqu'à la mezzanine où je vois quelques collègues assis dans les canapés. Je repère aisément Isabelle dont j'entends le rire jusqu'en haut des escaliers. Elle est dans la cuisine avec Ethan, Gwen et Oliver et a une assiette entre les mains.

– La soirée karaoké a été annulée, s'extasie-t-elle.

– Parce qu'on est arrivés plus tard que prévu ?

Gwen acquiesce.

– Dawson voulait quand même suivre le programme, mais Perkins a préféré nous laisser du temps pour nous détendre, déclare Ethan.

– Improbable, hein ?

Je glousse aux propos de ma collègue et me poste aux côtés de ma meilleure amie.

– Il n'est que vingt heures, on aurait très bien pu faire un petit truc, dis-je.

– C'est ce que Dawson a dit. Sauf que Perkins estimait qu'on avait fait assez d'activités pour la journée. Je pense qu'il voulait surtout échapper lui aussi à cette soirée karaoké et qu'il avait été assez longtemps avec le commun des mortels, s'amuse Ethan.

Personne ne peut retenir son fou rire et nous mettons plusieurs minutes à reprendre notre souffle.

– On pourrait aller se détendre autour de la piscine.

– Carrément ! s'exclame Isa. On prend quelques bouteilles de vin.

– Tu crois qu'on a le droit ?

– Oui, me confirme-t-elle. C'est Dawson qui nous les a sorties.

– Et il est où, d'ailleurs ?

– Au sous-sol, je crois. Avec Harrison et Johnson. Ils ont parlé d'un billard.

Je grignote vite fait un morceau et monte avec Isa dans notre chambre pour enfiler un maillot et récupérer des serviettes. J'opte pour le bikini vert bouteille qui s'attache avec des ficelles dorées de chaque côté de mes hanches et qui est orné de jolies broderies au niveau des bretelles. J'adore cet ensemble. La matière est agréable, la couleur me va au teint et il épouse parfaitement mes formes. Il donne même l'impression que mes seins sont plus gros. Dommage qu'un certain connard ne soit pas là pour voir le spectacle, moi qui m'étais attelée à prendre mes plus belles pièces pour le faire secrètement baver.

Mais je devrais oublier ce petit jeu, je risque d'y perdre plus que ma dignité.

Lorsque nous arrivons dans la pièce où se trouve la piscine, je constate que pratiquement tout le monde est là. À l'exception de nos deux chefs et de quelques collègues qui ont préféré aller se reposer. Il n'est pourtant pas tard, mais je les comprends. La journée a été plus épuisante que ce à quoi on s'attendait.

Je passe en revue rapidement les gens installés autour de la piscine, tous en maillot de bain. C'est assez drôle à voir, sachant que d'ordinaire nous sommes tous sur notre trente-et-un pour le boulot. Mes yeux glissent tout seuls vers Ethan, dont la carrure me surprend. La moitié de son corps est dans l'eau, mais j'arrive tout de même à constater qu'il est plus athlétique et en forme que ce que ses costumes laissaient imaginer. C'est un homme pas très grand, un mètre soixante-quinze maximum, aux cheveux drus et châtains. Gwen est assise en face de lui, sur un transat. Dans un maillot une pièce noir, il est difficile de savoir qu'elle a bientôt la quarantaine et qu'elle a mis au monde deux enfants. Elle a ce qu'il faut là où il faut. Si je devais avoir un type auquel j'aimerais ressembler à cet âge, ce serait elle sans aucune hésitation. Elle est rayonnante, belle et vraiment adorable. Une vraie bouffée de fraîcheur au bureau.

Les cheveux blonds plaqués en arrière et les sourcils bien fournis qui partent dans tous les sens, Oliver arrive en nageant lorsque nous pénétrons, Isabelle et moi, dans la piscine chauffée. Il commence à nous éclabousser en riant, son torse se convulsant au-dessus de l'eau, ce qui nous fait glousser comme des gamines. Je pense qu'à cet instant, nous retrouvons pratiquement tous notre âme d'enfant.

La nuit est tombée depuis bien longtemps. Le plafond transparent permet d'avoir une vue pleine sur le ciel étoilé, malgré les lumières au sol et les spots dans le bassin. Je perds totalement la notion du temps, profitant de l'ambiance conviviale qui règne et du vin qui circule. Même si mes collègues ont l'habitude pour la plupart de se retrouver au Barco le vendredi, nous avons davantage la possibilité de discuter ici.

Ça fait un bout de temps que je ne me suis pas sentie aussi détendue, sans tracas. À vrai dire, depuis début avril. Et cette pensée en amène immédiatement une autre qui assombrit un instant mon humeur.

Comment fait-il pour réussir à me tourmenter alors qu'il n'est même pas là ?

Je fixe mon gobelet et avale les dernières gouttes qui se trouvent au fond. Immédiatement, l'alcool produit son petit effet et ma tête tourne. Je n'aurais peut-être pas dû m'enfiler tous ces verres… Je nage jusqu'aux marches du bassin et, lorsque je sors de l'eau, je me sens complètement engourdie. Mes tempes pulsent et une agréable chaleur se propage dans mes veines. J'avance d'un pas chancelant jusqu'à ma serviette et me sèche en vitesse.

– Je vais me coucher, annonce Gwen.

– Déjà ? déclare Oliver qui s'amuse à faire quelques brasses.

– Il est bientôt minuit, on se lève tôt demain. Je n'ai plus la forme de mes 20 ans et je pense que j'ai déjà trop bu, bafouille-t-elle.

– Je te suis, dis-je en m'enveloppant dans mon linge pour me réchauffer.

Je fais un signe à ceux qui restent, dont Isabelle qui est en pleine conversation avec Jessy, la responsable communication. Je sens que personne ne va assumer d'avoir bu autant demain, la randonnée dans la forêt nationale de Manistee va être bien drôle.

Nous traversons le petit sas qui nous mène au sous-sol de la maison, silencieux et vide, puis prenons les escaliers jusqu'au salon.

– Merde, tout le monde dort, glousse Gwen au milieu de la pièce sombre.

– Les poules !

Nous pouffons comme deux gamines et montons à l'étage avec toute la discrétion que deux femmes imbibées d'alcool peuvent avoir. Autant dire aucune, et tels deux éléphants dans un magasin de porcelaine, nous continuons notre périple. Je trébuche sur une marche et explose de rire, suivie de près par ma collègue qui se tord en deux, les bras autour du ventre. Je me redresse tant bien que mal et m'enveloppe à nouveau dans ma serviette. Aucune de nous n'a pris de change et nous sommes en maillot de bain encore trempé au milieu du corridor.

– Ma chambre est à droite, moi, annonce-t-elle.

– Moi à gauche.

On se salue et prenons chacune un couloir opposé. Je ne sais pas ce qu'il me passe concrètement par la tête – sûrement rien, en tout cas aucune pensée intelligente – puisqu'au lieu de prendre la porte sur ma droite, je me retourne, vérifie que je suis seule et frappe à celle à ma gauche. Le cœur qui martèle, je porte ma main à mes lèvres pour étouffer un gloussement.

Encore une idée de merde à la Aprile Barnett !

Un halo de lumière apparaît devant moi, suivi d'une ombre imposante.

– Apri… Mademoiselle Barnett.

Le visage à moitié endormi d'Archibald se dessine devant moi sous l'éclairage de sa chambre. Je lance un coup d'œil derrière lui et remarque un lit défait et un ordinateur ouvert.

Toujours en train de travailler, à ce que je vois.

– Que faites-vous ici ?

La main sur la porte, il s'adosse au chambranle pour me

couper la vue. J'ouvre la bouche mais rien n'en sort, parce que je ne sais pas le moins du monde ce que je fous là, en maillot de bain, en plein milieu de la nuit devant la chambre de mon *patron*.

– Vous n'êtes pas venu vous baigner ce soir, dis-je enfin, de ma voix la plus suave.

J'ai surtout l'air d'une pochtronne, à mon avis.

Et à en croire la grimace qui tire ses traits, j'ai plutôt l'impression d'avoir miaulé comme un chat à l'agonie. Je pince mes lèvres et le feu me monte aux joues.

– Je ne suis pas en colonie de vacances, moi.

Tu ferais bien de te casser d'ici, Aprile, avant de faire quelque chose d'encore plus stupide.

Au lieu de ça, j'ignore sa pique, trop peu dans mon état normal pour réfléchir correctement, et lorgne d'un œil vitreux son corps habillé d'un T-shirt blanc et d'un jogging ample gris foncé. Je peux aisément apercevoir sous le tissu la forme de son attirail.

Il n'a pas de caleçon.

Cette constatation me fait saliver et j'en perds à moitié ma serviette qui découvre une partie de mon corps. S'il avait les yeux braqués sur mon visage depuis que je suis postée devant lui, le mouvement du linge le fait changer de cible. Sa mâchoire se serre lorsque son regard se pose sur ma poitrine, enveloppée dans mon bikini vert, et descend sur mon ventre jusqu'à mes cuisses nues. Mes poils se hérissent sous le poids de ses iris sombres et je déglutis avec difficulté. Une bosse prend forme dans son survêtement et je ne peux en détourner les yeux.

Il se redresse vivement comme si je venais de le brûler d'un simple coup d'œil et lance d'un ton sec :

– Allez vous coucher. Vous êtes ridicule !

La porte se ferme dans un claquement sourd et je me retrouve seule au milieu du couloir sombre. La gifle est magistrale et je dois avoir la tête d'une biche paralysée par les phares d'une voiture. Ma bouche s'ouvre puis se referme, incapable de faire sortir une phrase cohérente. Et pour quoi faire, de toute façon, Perkins n'est plus là.

Je reste immobile un instant, ahurie par ce qu'il vient de se produire. Je crois que tout l'alcool s'est fait la malle et que la honte a pris l'entière possession de mon corps.

Oh, mon Dieu, qu'est-ce que j'ai foutu ?!

23

Je suis avec difficulté mon équipe qui ne semble pas non plus en grande forme. Nous avons clairement moins d'énergie qu'hier et je me demande si c'est parce que nous avons passé une journée épuisante la veille ou si c'est à cause des litres d'alcool que nous avons bus à la piscine.

Ce sera un mystère.

En tout cas, nous marchons d'un pas las à travers les sentiers de la forêt. C'est Oliver qui a pris la tête du groupe. C'est lui qui a la meilleure forme. Ce qui n'est pas étonnant vu qu'il fait partie des plus jeunes – deux ans de moins que moi, ça compte beaucoup. À son âge, les gueules de bois sont moins douloureuses.

Je scrute mes pieds, évitant les racines et les cailloux comme je peux. Les mains accrochées à mes anses de sac à dos, je souffle avec difficulté. J'ai l'impression d'avoir fumé un paquet entier de cigarettes tellement mes poumons me font mal.

– C'est compliqué aujourd'hui, entends-je soudainement à ma gauche.

Je lance un coup d'œil à Tess qui a ralenti le pas pour arriver à ma hauteur. Surprise de la voir à mes côtés, je ne trouve pas de réponse adéquate et reste concentrée sur l'endroit où je pose mes chaussures.

– J'ai un de ces mal de crâne.

Ses lèvres s'étirent dans un rictus, un mélange de sourire gêné et amusé.

– J'ai l'impression que mes tempes vont exploser, confessé-je à mon tour.

Elle glousse et je l'imite.

– Mais c'était cool comme soirée.

– Oui, affirmé-je.

C'est l'intervention la plus bizarre de ce séjour. Si, hier, nous avons réussi à nous entendre sur certains points, nous n'avons néanmoins pas parlé et nous nous sommes plutôt évitées lorsque nous en avions l'occasion. Je l'entends soupirer bruyamment et elle semble hésiter.

– Écoute…

Je tourne la tête dans sa direction, pas trop certaine d'avoir l'énergie pour entamer une conversation, encore plus si ce sont des reproches à la Tess Lewis.

– À vrai dire, je voulais te féliciter pour le projet Sweet Patience.

J'ai du mal à contenir mon étonnement. Je la fixe, incrédule.

– Je sais ce que tu penses…

Ah bon ?

Parce que moi je ne sais pas, rien ne traverse mon esprit.

– « Qu'est-ce qui peut bien piquer cette pétasse de Tess ? » Je me suis simplement rendu compte que je ne t'ai laissé aucune chance quand tu es arrivée. J'étais seule sur le poste.

Elle marque une pause pour reprendre son souffle. Le chemin commence à former une côte. Le dénivelé n'est pas impressionnant, voire absent, mais dans notre état c'est assez pour mettre à mal notre endurance.

– J'ai vu ton arrivée comme une menace. T'étais jeune, tu n'avais jamais travaillé dans le domaine des cosmétiques, tu n'avais eu que des postes sans grosses responsabilités dans de petites boîtes sans importance.

Sympa.

Je retiens cette remarque et la laisse poursuivre.

– Je pensais tomber sur une incompétente, sans expérience, à qui il fallait tout apprendre et qui allait me retarder ou tout faire foirer. Je me sentais capable de rester seule et j'ai été blessée qu'on me refourgue une nouvelle.

Elle pince les lèvres et j'observe l'expression de son visage. Elle me paraît sincère.

– Pourquoi tu me dis ça maintenant ? demandé-je.

Elle hausse les épaules et met quelques secondes avant de répondre.

– Je me suis rendu compte que j'avais été aveuglée par ma rancœur, et que tu avais les qualités pour ton poste. Ça m'a sauté aux yeux quand ils t'ont nommée pour le nouveau projet. J'étais furieuse, parce que j'aurais vraiment voulu l'avoir.

Elle me lance un regard peiné et je me sens soudainement mal.

Aprile, t'es beaucoup trop sensible. Renforce-toi !

– Mais c'est une super opportunité pour toi. J'ai déjà eu l'occasion de montrer de quoi j'étais capable, et c'est ce que m'ont dit Perkins Senior et Junior. Ils m'ont fait comprendre que ta nomination ne remettait pas en cause mon travail, mais qu'ils voulaient te donner tout le loisir de montrer ce que tu savais faire, et me pousser à te faire avancer.

Ça, c'est de la révélation qui est difficile à assimiler correctement. Gros retournement de situation que j'étais loin d'imaginer en arrivant dimanche soir. Tess Lewis qui se remet en question et qui fait son mea-culpa. Une première. J'aurais dû sortir mon téléphone pour la filmer. Isabelle ne va jamais me croire.

– Bref, je suis désolée.

– J'apprécie. Sincèrement, reconnais-je.

Elle me sourit timidement et son masque de femme antipathique disparaît pour faire place à un visage plus doux.

– Mince, une intersection, râle Oliver en s'arrêtant à quelques mètres devant nous.

Des soupirs s'échappent parmi le groupe et nous ralentissons.

– Allez, allons montrer à l'équipe des rouges de quoi on est capables quand on s'allie.

Tess me fait un clin d'œil et nous avançons avec énergie jusqu'aux autres qui ont déplié une carte de la forêt.

***

Adossée contre le mur au fond du salon, une coupe de champagne dans la main, j'observe, amusée, Ethan qui se dirige vers la scène fictive créée pour la soirée. Perkins, dans son smoking noir impeccablement taillé et repassé, lui accroche une médaille au veston tandis que notre collègue lève les bras en l'air en signe de victoire, sous un tonnerre d'applaudissements.

Les équipes ont déjà reçu leur prix pour avoir gagné une activité chacune, une journée spa à Chicago pour les bleus et une soirée dans un grand restaurant pour les rouges. Ils nous ont bien précisé que si nous souhaitions redistribuer les bons entre nous, ils n'y voyaient aucun inconvénient. Je suis ravie d'avoir reçu le soin et me languis d'aller me détendre dans un hammam et un sauna.

Nous sommes désormais à un autre type de remise de trophées. Avant le début de la soirée, nous avons dû décerner des votes dans plusieurs catégories. Passant de la personne « la moins bien habillée au travail » à celle qui « représente le mieux les valeurs de Patience ». Une vraie partie de plaisir et de rigolade à remplir, mais beaucoup moins drôle à assumer puisque nous devons clairement nous afficher devant tout le monde pour recevoir notre médaille. Et que c'est Perkins qui les accroche. J'espère avoir échappé aux cases les moins sérieuses et n'hériter que d'un trophée concernant ma compétence professionnelle.

Ou ne rien recevoir du tout, si ça peut m'éviter de monter sur l'estrade avec lui !

Ethan semble ravi d'avoir reçu la majorité dans la catégorie « personne qui tient le moins l'alcool ». C'était clairement évident qu'il allait être le grand gagnant, surtout quand on sait le nombre de fois où il a fini à vomir ses tripes en sortant du Barco. Il se replace parmi le groupe, hilare, et frappe dans les mains d'Oliver et de Harrison.

– Passons à la catégorie suivante.

Dawson replace ses lunettes sur le bout de son nez et plisse les yeux pour lire ses feuilles.

– La personne qu'on présenterait sans problème à ses parents.

L'audience se marre, prête à entendre qui est l'heureux élu. Un son à la mode se lance sur la stéréo, m'empêchant d'entendre perceptiblement le prénom qui s'échappe des lèvres du directeur financier. Je n'arrive pas à savoir si le son « prile » vient de la musique, mais j'ai vite ma réponse lorsque tout le monde se retourne vers moi. Je ne sais pas si je dois rire ou pleurer.

Pas ça !

J'agrippe ma coupe de champagne comme si j'étais en pleine mer et que c'était la seule bouée de sauvetage à ma disposition, puis avance jusqu'à l'estrade, vérifiant bien où je mets les pieds.

Quelle idée d'avoir mis ces escarpins... Putain !

OK, ils vont à merveille avec cette robe noire, mais merde, je pourrais me casser une cheville devant l'intégralité de mes collègues.

Je fais un sourire gêné quand j'arrive à la hauteur de nos chefs et ne manque pas le regard perçant de Perkins braqué sur moi. Il attrape une médaille en toc plaquée d'une couleur dorée et s'avance jusqu'à moi. Je sens son souffle sur mon visage et son parfum m'enveloppe. Une torture pour mes nerfs. Je retiens mon soupir, priant pour que ça passe vite. Il hésite un instant, semblant jauger ma tenue. Je n'ai pas le vêtement le plus pratique pour accrocher une épingle. Des bretelles à demi tombantes sur mes épaules et un décolleté plongeant, il y a peu de tissu qui ne touche pas ma poitrine. Les mains suspendues dans le vide des secondes qui paraissent une éternité, sa respiration est irrégulière. Il observe d'un regard sombre la naissance de mes seins et s'humecte les lèvres.

Qu'est-ce qu'il fout ?

Ce n'est pas comme si nous étions actuellement le centre de l'attention de TOUTE la pièce.

Ses lèvres sont à seulement quelques centimètres de moi et je lutte pour ne pas les admirer avec convoitise. Il fronce les sourcils et pince légèrement un morceau de ma robe avant d'accrocher la médaille.

Je rêve ou il a les doigts qui tremblent ?

– Félicitations ! déclare Dawson derrière Perkins.

Ce dernier s'écarte de moi comme si je brûlais et je respire enfin. Tous mes collègues se mettent à applaudir, couvrant le son de la musique.

– Je ne sais pas qui a voté, mais certainement pas moi.

Sa voix est basse, assez pour que personne n'entende à part moi.

Connard !

– Ça ne m'étonne pas, vous ne savez pas vous servir de vos dix doigts. Même une croix, c'est trop compliqué pour vous.

Je me suis légèrement avancée pour lui parler. Il sait très bien que je ne faisais pas simplement référence à un simple coup de crayon sur une feuille de papier, mais plutôt à nos antécédents.

Mais pas la peine de lui indiquer que je mens et qu'il s'est très, *très* bien rattrapé au Barco.

La mâchoire serrée, il me lorgne de son regard noir. Dans un geste théâtral, je quitte la scène pour retrouver ma place au fond de la salle.

Le reste de la soirée se déroule dans la même ambiance : avec gaieté et convivialité. Le buffet garni se vide à mesure que les heures défilent, tout comme les bouteilles de vin.

Isabelle a quitté le navire il y a quelques minutes, croulant de fatigue ; elle a préféré aller se coucher. Je n'ai pas eu l'envie de la suivre, déjà parce que je suis en pleine conversation avec Oliver, le lâcher comme ça ne serait clairement pas poli. Puis parce que c'est le dixième regard que Perkins lance dans ma direction depuis que je me suis assise sur le canapé.

Non pas que j'aie compté, bien entendu.

Et l'agacement que j'y lis vaut clairement quelques heures de sommeil. La manière dont il se tient et qu'il a d'agripper son verre. Ses épaules tendues et les muscles de sa mâchoire contractés. On dirait presque une bombe à retardement. Je me demande ce qui le met dans un état pareil. La discussion qu'il a avec les deux hommes en face de lui, ma simple présence dans la pièce ou bien son humeur du soir – et de bien d'autres jours encore. Mais en tout cas, j'adore le voir comme ça.

Je me demande même ce que ça donnerait, cette irritation, au lit.

Je suis sûre qu'il baiserait avec plus d'ardeur.

Et de fougue.

Je me gifle mentalement. Mes pensées deviennent bien trop dangereuses. Je scrute le fond de mon verre en me mordant la langue. Je pense que je devrais arrêter pour ce soir.

Trop d'alcool équivaut à trop de comportements déplacés. Hier devrait me suffire !

– Tu vois, j'aimerais bien créer ma boîte, je commencerais par quelque chose de petit au départ. Mais j'investirais pour la développer.

– Hm, hm.

Je pose mon verre de vin sur la table basse en face de moi et tourne imperceptiblement la tête pour scruter Archibald une énième fois en me redressant.

Et de onze.

– Et puis je pense qu'avec Patience je vais acquérir beaucoup de compétences, donc je vais…

– Hm, hm.

Je n'écoute pas du tout ce qu'Oliver me raconte et il ne semble même pas le remarquer, ou alors il s'en fout, bien trop heureux de raconter son projet. Il continue de faire de grands gestes tandis que je croise les jambes pour m'enfoncer davantage dans le canapé.

Il est vachement confortable, ce truc.

– T'en penses quoi ?

Je sursaute lorsqu'il me pose cette question. Il vient de mettre son bras sur le dossier derrière moi et s'est penché légèrement. Il n'y a aucune trace de convoitise dans ses yeux, je le vois à sa manière de me sourire. Notre conversation est purement et simplement amicale.

– C'est une bonne idée.

– Je sais.

Il place son autre main sur mon épaule et rit fièrement. Je lance à nouveau un coup d'œil au fond de la salle et constate que Dawson et Johnson sont seuls. Perkins a disparu. Je me contorsionne pour étudier le salon. Envolé.

Merde, je m'amusais bien à le mater en douce !

Je croise les bras, soudainement prise d'agacement. Sans vraiment d'ailleurs comprendre pourquoi. Il a le droit d'aller se coucher, il ne me doit rien.

Je reste quelques minutes supplémentaires avec Oliver puis décide de quitter la soirée. Je salue les derniers qui restent et vais à l'étage. Marcher en talons sur de la moquette quand tu t'es enfilé une bouteille de vin rouge à toi toute seule est plus compliqué qu'il n'y paraît. Je m'arrête au milieu du couloir et m'adosse à un mur pour enlever la première chaussure. J'ai du mal avec la lanière de la deuxième donc, un escarpin dans une main, je clopine jusqu'à la porte de ma chambre. Je manque de trébucher et jure. Je prends appui à l'aide de ma main gauche et tente une nouvelle fois de défaire l'attache de ma cheville.

– Tu vas t'enlever, saleté de…

Le mur qui me tenait en équilibre bouge subitement et ma paume se retrouve à pousser dans le vide.

– Mais qu'est-ce que…

Je tombe littéralement sur le côté. Prête à percuter le sol, je protège mon visage, mais contre toute attente quelque chose de chaud m'encercle la taille et me sauve de la chute.

24

Je n'ai pas besoin de lever la tête pour savoir dans les bras de qui je viens de m'effondrer. L'odeur qui se dégage de ce torse épais suffit.

– C'est quoi, ce bordel ?

Je suis affalée contre Perkins, qui me tient fermement pour me maintenir en équilibre. Les doigts agrippés au col de son T-shirt blanc, j'ai abandonné mes escarpins qui gisent au sol. Sa voix gronde contre mon oreille et se répercute tout droit entre mes cuisses. Des rires étouffés se font entendre au bout du couloir et j'entends Archibald jurer. Prise de panique à l'idée d'être surprise dans cette position avec mon patron – qui, vue de l'extérieur, est impossible à justifier et totalement déplacée, voire inconvenante –, je m'apprête à bondir pour m'éloigner le plus possible. Au lieu de ça, je suis retenue dans mon élan par sa prise plus affirmée. Il nous glisse en arrière, donne un coup de pied dans mes chaussures pour les faire voler dans la pièce puis claque la porte d'un coup d'épaule.

– Vous faites quoi ?

Je pousse sur son torse avec force pour me reculer et il s'éloigne.

– Nom de Dieu, parlez moins fort ! Vous allez ameuter tout le monde à jacter comme ça.

Il lance un coup d'œil inquiet dans son dos et tend l'oreille. Je croise mes bras sur ma poitrine, les paupières plissées et les sourcils froncés.

– Parlez-moi sur un autre ton.

Si je n'avais pas trois grammes dans le sang, jamais je n'oserais…

Il passe une main lasse sur son visage fatigué, restant debout face à moi. Je jette un coup d'œil rapide et circulaire autour de moi, admirant pour la première fois l'antre du diable. Ça ressemble à ma chambre, mais il y a quelque chose en plus. Un parfum enivrant. *Trop* enivrant.

Si c'est l'odeur de l'enfer, je signe tout de suite !

Les pas dans le couloir se rapprochent, me ramenant vite à la réalité, et nous sursautons lorsqu'ils s'arrêtent derrière la porte. Nous restons un instant silencieux, essayant même de ne pas cligner des yeux. Je pense d'ailleurs que j'arrête aussi de respirer. Puis le petit groupe s'éloigne et le calme reprend.

– Vous êtes dingue de m'avoir fait rentrer là. Je sors comment maintenant ?

– Par la porte.

– Très drôle, dis-je dans un rictus ironique.

Il braque son regard sombre dans le mien et fourrage une main dans ses cheveux ondulés. Il ne porte plus son smoking et a troqué son pantalon cintré contre un jogging gris qui moule ses jambes musclées. Le même qu'hier. J'ai davantage envie de le dévorer quand il porte quelque chose d'aussi simple que monsieur Tout-le-monde. Rien à voir avec l'attirail guindé qu'il aime arborer au boulot.

Mon Dieu, je suis sûre que son cul là-dedans est à se damner.

– Vous vouliez que je fasse quoi ? Vous m'avez littéralement sauté dessus.

– Quoi ? m'emporté-je, outrée, abandonnant ma contemplation. C'est vous qui…

– Vous étiez effondrée contre moi. S'ils nous avaient vus, qu'auraient-ils cru, à votre avis ?

– Je n'étais pas *effondrée*, grimacé-je. C'est vous qui me teniez et m'empêchiez de partir.

– Vous teniez à peine debout. J'étais bien obligé de faire quelque chose pour éviter la catastrophe, on était au milieu du couloir ! Et vu l'état dans lequel vous êtes, j'ai du mal à croire que vous étiez en mesure de réfléchir.

Il s'arrête en me lorgnant avant d'ajouter :

– Enfin, si vous savez le faire en temps normal déjà.

Je reste sans voix. Je le fusille du regard, les dents serrées, prête à mordre.

Mais quel enfoiré, ce type !

La gifle est-elle autorisée dans ce contexte ? Parce que ma main me démange sérieusement. S'il croit que je suis ivre, je pourrais même faire passer ça sur le compte de la bouteille de vin que je me suis enfilée.

Il me fixe avec suffisance et aucun de nous ne rompt le contact visuel. Comme si le premier qui baissait les yeux déclarait forfait.

– M. Pearce n'a pas eu le droit à votre petit spectacle en bikini ce soir ?

Je hausse un sourcil, essayant de comprendre où il veut en venir et ce qu'Oliver et mon maillot de bain viennent faire dans la même phrase. Les mains enfouies dans les poches de son survêtement, les épaules droites et la bouche pincée, il garde toute son assurance. Pourtant, un éclat assez étonnant traverse ses iris, et si je ne le connaissais pas aussi bien, je croirais voir de la frustration.

– Quitte à aguicher un homme, autant le faire correctement, mademoiselle Barnett.

– Espèce de…

L'adrénaline pulse dans mes veines et le coup part tout seul. Je n'ai pas visé la tête, encore heureux, j'ai eu une once de jugement dans cette pulsion meurtrière, mais son buste. Il ne bronche pas et me scrute d'un œil mauvais. Mes lèvres se tordent dans une grimace. J'enveloppe mes doigts dans la paume de ma main, essayant de faire disparaître la douleur que cette attaque a produite sur mes petits membres fragiles.

Aïe !

Putain, il pouvait pas être gras et mou ?

Ça fait vraiment mal.

Un sourire fier s'étire sur son visage et la rage me prend à nouveau. Je lève les deux bras, prête à tambouriner son torse comme une gamine capricieuse, mais il m'attrape les poignets dans un mouvement rapide et me stoppe net.

– Ça suffit, gronde-t-il.

– Toi, ça suffit ! hurlé-je presque.

Je tente de me libérer tant bien que mal, gesticulant comme une folle pour qu'il me lâche. En vain, sa poigne est ferme et son corps ancré au sol.

– Lâche-moi.

Il ricane, m'observant me débattre, une lueur espiègle non dissimulée dans les yeux.

– J'aime quand tu sors les crocs comme ça.

Emprisonnée, je le maudis du regard et jure entre mes lèvres. Un nouveau son rauque s'échappe de sa gorge, cette fois plus profond et plus sexy. Quelque chose qui vibre en moi et qui se répercute entre mes jambes à une vitesse folle.

Comment fait-il ça, putain ?!

L'atmosphère se charge en une fraction de seconde tandis que nous nous scrutons. Son sourire s'efface et les traits de son visage se tendent. Sans lâcher sa prise, il place mes bras dans mon dos et m'attire contre lui. Je m'écrase sans douceur contre son torse. Son souffle chaud caresse ma peau et je déglutis avec difficulté. J'humecte mes lèvres soudainement sèches, et il n'en perd pas une miette. Il fixe avec ardeur ma langue qui humidifie ma bouche et me serre davantage.

La suite se passe très vite. Archibald relâche mes poignets et j'attrape sa nuque, les doigts à la base de ses cheveux. Il fond sur moi à la même vitesse que je me rue sur sa bouche. Notre baiser est brutal, fiévreux et avide. J'ai le corps qui bouillonne, ma poitrine est prête à exploser, mon estomac se tord délicieusement et mes jambes vacillent. De tous les hommes que j'ai pu embrasser durant ma courte existence, aucun ne m'a jamais fait un tel effet. Et une sensation étrange me comprime le cœur.

Dans un mouvement expert, il agrippe mes fesses et me soulève. Il traverse la pièce à tâtons, les yeux fermés et nos bouches soudées. Quand il s'arrête, je sais qu'il a buté contre son lit. Il me lâche et c'est à contrecœur que je me sépare de lui et tombe sur le matelas. Je me redresse sur les coudes et l'observe se déshabiller. Je n'ose pas imaginer l'image que je renvoie. Je ne dois plus être très fraîchement maquillée, je sens mon chignon pendre dans ma nuque et mes lèvres sont gonflées. Néanmoins, la lueur de désir dans le regard de Perkins et l'énorme bosse dans son caleçon anéantissent tous mes doutes.

Je me mets à genoux sur le lit et me contorsionne pour faire descendre la fermeture Éclair de ma robe.

– Laisse-moi faire. Retourne-toi.

– C'est un ordre ? demandé-je lascivement.

Il sourit et attrape mes hanches pour me retourner. Je me retrouve pratiquement à quatre pattes et je sens ma robe tomber le long de mon corps.

– Tu veux rester comme ça ? chuchote-t-il dans mon oreille.

Collé contre mes fesses, son membre dur et nu pointe à l'entrée de mon vagin.

– Je m'en fous, me plains-je presque. Tant que tu te dépêches.

– C'est un ordre ?

Je n'ai même pas la force de rire. Mon sexe pulse douloureusement entre mes cuisses et je n'ai qu'une envie, c'est de le sentir en moi.

– Il va falloir être silencieuse, mademoiselle Barnett. Vous pensez en être capable ?

Je me mords la lèvre et retiens un gémissement. Sa voix est suave, douce et pleine de promesses.

25

À califourchon sur Archibald, j'ondule le bassin langoureusement. Il enfonce ses doigts dans la chair de mes fesses et grogne. La vitesse que je lui impose le rend fou et j'adore ça.

À cet instant précis, alors que je le chevauche, admirant sa bouche entrouverte, les veines de son cou, l'ondulation parfaite de ses cheveux, l'éclat de désir dans ses yeux, je sais. Je sais que même si je m'étais promis de ne jamais recommencer, même si je peux tout perdre à cause de ça, je ne veux être nulle part ailleurs.

Ce deuxième round était la meilleure des idées que nous ayons eues. Non pas que nous ayons réfléchi longtemps, puisqu'à peine terminé nous avons recommencé. Cette fois, nous prenons notre temps. Profitant des caresses, de la tendresse que cette étreinte nous apporte. Comme si nous avions donné toute notre énergie dans la première partie. On se cherche, on joue avec le corps de l'autre, on apprend ce qui le fait vibrer. L'intimité qui s'en dégage est troublante, mais ni lui ni moi n'essayons de la faire disparaître.

Il ancre son regard voilé dans le mien et empoigne mes seins. Je remue les hanches, frottant mon clitoris contre son pubis. Les sensations sont divines et l'orgasme est rapide, foudroyant. Je m'effondre sur le torse de Perkins qui m'encercle la taille tout en continuant de s'enfoncer avec vigueur en moi. Ses coups de reins rythmés et avides ne durent qu'un temps puisqu'un râle de plaisir s'échappe de sa gorge et j'avale son gémissement, restant quelques secondes allongée contre lui. Il me caresse le dos d'un geste doux et je ferme les yeux, reprenant peu à peu ma respiration.

Rien n'est brusque, il ne me chasse pas et je n'ai pas non plus envie de prendre mes jambes à mon cou. C'est étrange, cette sensation postorgasmique qui nous met tous les deux dans une hébétude particulière et nouvelle. Pour une fois, personne ne fait de commentaire sarcastique, le sourire suffisant n'existe plus et aucune pique salée ne traverse la barrière de mes lèvres.

Il m'embrasse le front et me pousse gentiment. Je bascule sur le côté et il se lève pour aller dans sa salle de bains privative. J'entends l'eau couler, me cale contre l'oreiller et ferme les paupières. Je sais que je devrais partir pour ne pas abuser de cette atmosphère, l'empêcher de m'humilier en me jetant dehors, mais je reprends doucement mes esprits. Je respire un long moment dans la chaleur de ses draps, l'odeur de son parfum embaumant le tissu et mon cœur avec. Lorsque j'ouvre à nouveau les yeux, une masse lourde encercle ma taille et un souffle chaud chatouille mon oreille.

Merde, je me suis endormie.

Je me contorsionne et lance un coup d'œil au visage paisible d'Archibald. Les rides entre ses yeux sont détendues, presque invisibles, signe qu'il a lâché prise. Sa bouche est légèrement ouverte et sa respiration régulière. Je me retourne le plus délicatement possible et place un bras sous ma tête. Je reste dans cette position, à contempler son nez fin, ses sourcils épais et ses lèvres charnues très peu de temps. Il bouge et je retiens ma respiration.

– Tu comptes me regarder dormir longtemps ?

Je pouffe et il ouvre les yeux. Encore à moitié endormi, il se contente de m'observer en silence.

– Je devrais peut-être retourner dans ma chambre.

– Ce n'est pas ce que je t'ai demandé.

L'intonation éraillée de sa voix produit une étrange

sensation dans mon estomac. Je mords ma joue et nous nous regardons en silence.

– T'es bien la première à vouloir quitter mon lit.

Je me tends. Niveau tact, j'ai connu mieux. Parler de ses conquêtes alors qu'il en tient une dans les bras n'est pas ce que j'appelle la meilleure technique. Nous sommes allongés face à face, difficile pour lui d'échapper à la grimace qui tord mon visage.

– Ce n'est pas ce que j'ai voulu dire.

– Ça paraît pourtant assez clair, tenté-je d'une voix que je veux assurée et taquine.

Au fond, je suis presque un peu vexée.

Il soupire en serrant la mâchoire.

– Désolé, avec toi, j'ai du mal à être moi-même.

– Comment ça ?

Ma voix est basse, presque imperceptible. J'ai l'impression que si je parle trop fort ou trop brusquement, la bulle dans laquelle nous sommes explosera, qu'il sortira de ce demi-état de sommeil et qu'il redeviendra froid et méprisable. J'aime celui que j'ai en face de moi, agréable, innocent et foutrement séduisant avec ses paupières légèrement gonflées. Il a la tête d'un mec qui a pris son pied et mon cœur se gonfle à l'idée que ce soit avec moi.

– Je ne sais pas. T'as toujours été un mystère pour moi. Tantôt si sûre de toi, déterminée et un brin sardonique. Mais d'un autre côté si joviale, belle, si…

Il marque une pause. Ma poitrine se serre.

– Je n'ai jamais su comment te prendre.

– C'était plutôt réussi ce soir.

Bravo, Aprile, la panique te fait réagir n'importe comment.

Il éclate de rire.

– Tu vois. T'es bourrée de reparties, c'est déroutant.

– Archibald Perkins, démuni face à une petite joute verbale. Et de surcroît avec une femme. Cette soirée est pleine de surprises.

– Tout doux, s'amuse-t-il. Ce n'est pas ce que j'ai dit.

Il passe le bout de sa langue sur ses lèvres et je le regarde faire avec envie.

– Et normalement je suis un homme de parole. Lorsque je dis quelque chose, je le fais. Sauf avec toi.

Il se décale soudainement et s'allonge sur le dos, les yeux rivés sur le plafond. La chambre est plongée dans l'obscurité, mais j'arrive tout de même à percevoir son visage qu'il frotte avec ses paumes.

– Nous nous étions promis de ne plus recommencer.

– Tu regrettes ?

– Et toi ? répond-il dans la foulée.

Je secoue la tête.

– Moi non plus.

Je m'allonge à mon tour sur le dos, les mains croisées sur mon ventre, je scrute le plafond. Le silence nous enveloppe un instant, puis il finit par dire sérieusement :

– Nous sommes des adultes consentants. Et nous savons ce que nous voulons, ajoute-t-il. Il faut juste que nous soyons discrets. Personne ne doit savoir.

J'acquiesce, ne trouvant pas le courage de lui avouer que j'en ai déjà parlé avec June et Isabelle. Il n'est pas obligé de le savoir.

– Oui, voilà. On peut très bien s'amuser tout en sachant les risques que cela implique.

S'amuser.

Une pointe désagréable apparaît soudainement dans ma poitrine lorsque je prononce ce mot. Je ne sais foutrement pas pourquoi j'ai dit un truc pareil. J'avais besoin d'ajouter quelque chose, montrer que moi aussi je sais ce que je fais. Je voulais prendre le dessus. Par habitude avec lui. Il tourne la tête dans ma direction et m'observe. La pénombre m'empêche de percevoir ce qui lui traverse les iris, mais il lâche :

– C'est ça, s'amuser.

L'entendre le confirmer me comprime le cœur. Mais je ne peux m'en prendre qu'à moi-même, je le lui ai soufflé. Nous restons dans cette position, l'un contre l'autre, les yeux rivés au-dessus de nos têtes un long moment.

La lumière du jour qui filtre à travers les rideaux me fait sursauter. J'ouvre les paupières et constate une nouvelle fois que je me suis endormie. Je me redresse et vois Archibald dormir sur le ventre, les bras sous l'oreiller. Les rides entre ses deux sourcils ont réapparu et il ne semble pas avoir un sommeil paisible. Je me lève discrètement du matelas et récupère un à un mes vêtements éparpillés au sol. J'enfile ma robe sans la fermer et ouvre la porte en silence. Le cœur battant, j'inspecte le couloir.

Personne.

Je le traverse en trottinant et pénètre dans ma chambre vide. La fraîcheur qui s'en dégage me fait frissonner. J'attrape mon portable que j'avais laissé sur ma commode avant de descendre la veille au soir dans le salon et constate qu'il est bientôt sept heures.

Je n'ai pas énormément dormi, la fatigue me pique les yeux. Si j'avais un peu de bon sens, j'essaierais de me reposer encore une heure, histoire de. Pourtant, je décide d'aller prendre une douche. De toute manière, jamais je ne vais arriver à retrouver le sommeil après tout ce qu'il vient de se passer. J'attrape le gel douche et frictionne ma peau pour faire disparaître toute trace du crime, à commencer par son odeur qui a imprégné chacun de mes pores. Une fois terminé, je pose un masque sur mes cheveux et profite du massage que le jet d'eau chaude procure à mes épaules.

– T'étais où, cette nuit ?

Je sursaute et tire le rideau pour passer la tête. Isabelle est devant le miroir, encore en pyjama et les cheveux ébouriffés. Elle attrape sa brosse à dents qu'elle badigeonne de dentifrice.

– Tu m'as fait peur.

– Ça ne répond pas à ma question.

Elle s'adosse contre le lavabo et écarquille les yeux.

– T'étais avec…

Elle fait un signe de tête vers un endroit invisible.

– Oui.

Perspicace, l'amie.

– Mais je croyais que…

– Moi aussi.

– Et vous avez encore…

– Deux fois.

La pâte blanche lui dégouline sur le menton et elle se retourne pour cracher. Je sors de la douche, attrape la serviette qui pend au mur, m'enveloppe dans le tissu et me dirige jusque dans ma chambre.

– Bon, si tu me dis que vous n'avez pas enfin discuté de ce qu'il se passe entre vous, je t'étrangle, et je m'occupe de *l'autre* après.

Elle pointe du pouce en direction du couloir et s'assoit à côté de moi sur le lit.

– On a parlé. Un peu, dis-je en me brossant les cheveux. Il veut juste s'amuser.

– C'est ce qu'il t'a dit ?

J'acquiesce et me lève. Bon, même si c'est plutôt ce que, moi, j'ai dit et qu'il a confirmé. Mais le résultat reste clairement le même. Isabelle jure sur mon lit.

– Il a dit également qu'il ne savait pas comment se comporter avec moi. Qu'un jour j'étais agréable et que le lendemain, j'étais du genre sardonique, imité-je grossièrement en mimant avec mes doigts.

– Il est sérieux ? se marre ma meilleure amie. C'est un peu l'hôpital qui se fout de la charité, quand on sait à quel point il peut avoir l'humeur changeante.

– Hm.

Je laisse tomber ma serviette et pioche une paire de sous-vêtements. Je prends un jean brut que j'enfile ensuite sur ma peau encore légèrement humide et passe la tête dans un large sweat bleu marine qui me recouvre les fesses.

– Et tu te sens comment ?

– Ça me fait un peu chier, à vrai dire.

– Qu'il dise que t'es parfois pas agréable ?

– Non, ça, je m'en fiche. Mais qu'il pense qu'on s'amuse seulement.

– Ce n'est pas ce que vous faites ?

– Si, confirmé-je.

Je récupère ma paire de bottines à lacets et les chausse avec énergie.

– Mais j'ai 28 ans, et j'ai passé l'âge de juste m'amuser.

J'imite une nouvelle fois piteusement la voix de Perkins. Je ne sais pas ce qui me rend si irritable mais j'ai le sang qui bout. Ce n'est pas comme si je voulais quoi que ce soit de sérieux avec lui. Je suis la première à ne pas vouloir être en couple, à aimer le célibat et ses avantages. Ne pas me prendre la tête avec un type et pouvoir me consacrer à ma carrière. Voilà qu'un homme me dit ce que je veux entendre et je ne suis pas contente.

Qu'est-ce qui ne tourne pas rond chez moi ?

– C'est normal de changer d'envie, tu sais. Tu as le droit d'évoluer et de vouloir te poser.

– Je ne veux pas me poser, ajouté-je d'une voix plus violente que je n'aurais voulu.

Isabelle pince les lèvres et retient un sourire.

– Désolée.

Elle secoue la tête et me regarde tendrement.

– Je pense que tu te voiles *un peu trop* la face depuis *un peu trop* longtemps, si tu veux mon avis. Et que ton Perkins, là, dit-elle en chuchotant et en pointant la porte du pouce, il t'intéresse bien plus que ce que tu veux bien t'avouer.

Sur ces mots, elle se lève et me laisse en plan dans ma

chambre, habillée et chaussée alors qu'il n'est même pas huit heures et qu'on ne part pas avant dix. Je m'assois sur mon lit et m'allonge, les bras qui cachent mon visage.

Je ne me voile rien du tout.

Si ?

Non.

26

Je frotte mes paupières et bâille sans retenue. Je suis épuisée. Déjà parce que je n'ai pas arrêté depuis que je suis arrivée ce matin. J'ai passé la journée à courir après mon équipe pour vérifier ce qui avait été finalisé, en réunion avec Ethan et Gwen pour la mise en ligne de nouvelles promotions de produits. Mais aussi parce que le séjour cohésion ne m'a clairement pas reposée. Difficile de savoir ce qui m'a le plus pompé mon énergie, entre les activités du jour et celles de la dernière nuit.

– On ne vous a jamais appris à mettre votre main devant la bouche ?

Mes dents claquent, manquant de pincer ma langue, et je fixe, les yeux ronds, mon patron adossé contre l'encadrement de ma porte. Il est magnifique dans son costume noir et je parcours son corps du regard, ce qui lui fait esquisser un sourire mutin. Il y a quelque chose de décontracté dans sa posture, et le voir devant mon bureau, sans son éternelle suffisance, ça fait un truc assez étrange dans ma poitrine.

Je crois que je dois me rendre à l'évidence : Isabelle a raison. Archibald Perkins me plaît, bien plus que je ne voulais l'admettre et je n'ai pas besoin de l'avoir sous les yeux pour le savoir.

– T'as mangé ? demande-t-il plus sérieusement.

Je reste un instant muette, surprise par sa question, et mon cœur se serre, parce que c'est bien la première fois qu'il s'intéresse à ça et, de surcroît, qu'il me tutoie aussi ouvertement au travail alors que ma porte est ouverte.

Tout doux, Aprile. Ne te fais pas trop d'illusions.

Je lorgne l'horloge sur mon écran et constate qu'il est presque vingt heures. Je jure et m'affale contre le dossier de mon siège.

– Je n'ai pas eu le temps.

– Tu as faim ?

Mon estomac répond à ma place. Je pose ma main sur mon ventre et fais une moue gênée.

Charmant...

– Viens dans mon bureau, j'ai acheté du thaï.

Il s'éclipse sans me laisser le temps de répondre.

Est-ce qu'il m'invite à manger avec lui ?

Je reste immobile sur mon fauteuil plusieurs secondes, ne sachant pas si je dois faire ce qu'il me dit ou si je dois poursuivre mon activité. Si je le suis, je risque de rendre la situation bien plus compliquée qu'elle ne l'est. Je ne suis pas idiote et je me connais. Faire semblant d'être encore dans la même optique que lui, à m'amuser, va me faire plus de mal qu'autre chose. Néanmoins, ça fait presque douze heures que je suis au bureau et j'ai seulement grignoté en vitesse ce midi. Un break ne me ferait pas de mal... non ?

Après tout, j'adore le thaï !

Je me lève et traverse le couloir pour rejoindre Archibald. Pensant le trouver derrière son ordinateur, je sursaute lorsque je le vois assis sur son canapé d'angle, à gauche de la porte. Nonchalamment installé, il a enlevé sa veste et remonté ses manches de chemise.

– Crevettes ou poulet au gingembre ?

Un contenant blanc dans chaque main, il lève l'un et l'autre de manière répétée. Je croise les bras tandis que je me dirige de l'autre côté de sa petite table basse et souris. J'observe l'homme devant moi, aux cheveux impeccablement plaqués sur le haut du crâne, qui lorgne les deux plats avec envie.

– Je suis plutôt poulet. Mais si tu le veux, je te le donne.

J'ouvre la bouche puis la referme. Bien que depuis quelque temps il se montre sous un nouveau jour – plus *humain* –, il m'a tellement habituée à des aboiements d'ordres, à des remarques désagréables ou sarcastiques, que le voir faire preuve d'autant de bienveillance et de normalité me laisse sans voix. Il est calme et détendu. Comme la fois où il est venu dîner chez ma sœur.

Mon cœur palpite et je frotte mes mains moites. Comment j'ai pu ignorer tous les signaux d'alarme que mon corps envoyait quand il était là ? C'est insensé. Je parcours la pièce du regard, cherchant des réponses que je ne trouve pas. Quand je reporte mon attention sur lui, il m'observe, les paupières plissées.

– Un problème ?

Je secoue la tête.

Arrête ça, Aprile : les chichis, les palpitations... Profite de ce qu'il t'offre !

– Crevettes, j'adore.

– Parfait.

Il me lance un sourire sincère et dépose la boîte à côté de lui.

– Tu ne veux pas être sur le canapé ? s'étonne-t-il en me voyant m'asseoir sur son tapis gris.

– Non, j'aime bien manger par terre.

Il hausse un sourcil et rit doucement. J'attrape une paire de baguettes au centre de la table et nous dégustons nos repas en silence. J'ai l'impression d'être à un rencard (que je suis la seule à vouloir, bien entendu) et je ne sais pas du tout quoi dire. Je crois que c'est la première fois que je me sens aussi gênée avec lui. L'absence de conversation ne semble pas le déranger puisqu'il mange ses nouilles au poulet avec entrain. J'essaie tant bien que mal de faire de même, profitant du calme qui nous entoure pour faire le vide dans ma tête. Après plusieurs minutes, je finis par poser ma boîte sur la table et soupire, repue. Je m'adosse contre le siège derrière moi et étale mes jambes sous la table basse en verre. Je tuerais pour pouvoir enlever mes escarpins, mais j'oublie assez vite l'idée. Je suis quand même sur mon lieu de travail et qui plus est, dans le bureau de mon *patron*.

– Mlle Barnett serait-elle rassasiée ?

Il me lance un coup d'œil empli de sous-entendus et je glousse comme une midinette.

– Il semblerait bien.

– Et… Aurait-elle de la place pour le dessert ?

– Tout dépend du dessert, réponds-je avec une assurance feinte.

Il pose sa boîte vide devant lui et attrape une serviette en papier pour s'essuyer la bouche.

– Ce que je te propose, c'est qu'on le prenne chez moi.

Mon estomac fait un salto. Les coudes sur les jambes, il se penche légèrement vers moi et plante ses iris sombres dans les miens. Ses yeux pétillent d'une gourmandise qui n'a rien à voir avec l'idée même de manger de nouveau de la nourriture.

À moins que ce soit moi, la nourriture.

Nous nous crispons en même temps lorsqu'on frappe à la porte. Je me relève en vitesse et m'assois plus loin, imposant une distance raisonnable entre nous. Le visage d'André Perkins apparaît derrière la cloison épaisse noire sans attendre une quelconque réponse pour entrer.

– Je pensais que tu serais seul.

Archibald se met debout et s'avance jusqu'à son père, passant une main rapide sur le tissu de sa chemise.

– Non. Mais entre, nous parlions boulot.

Mes joues se mettent à rougir. Le P.-D.G. porte son attention sur moi et m'offre un sourire amical.

J'ai bien fait de garder les chaussures…

Je me lève et parcours les quelques mètres qui nous

séparent pour empoigner la main qu'il me tend chaleureusement.

– J'aime voir votre efficacité. Il nous faut plus de personnel comme vous.

Je le remercie d'un mouvement de tête, la gorge sèche à l'idée qu'il aurait pu nous surprendre dans une position vraiment embarrassante.

– Nous devons parler de BeautyG, indique-t-il à son fils dans la foulée.

– Je vais vous laisser, glissé-je, mal à l'aise. Je vais retourner terminer ce que j'avais à faire. Messieurs.

Archibald me lance un regard indéchiffrable tandis que son père me souhaite une bonne soirée. Je sors rapidement du bureau où l'air est devenu soudainement irrespirable et trottine jusqu'au mien.

Dans quoi est-ce que je me suis embarquée, franchement ?

***

Archibald est debout dos à moi, en pleine conversation téléphonique, il ne me voit pas arriver. Son portable contre l'oreille, il a le regard braqué sur les immeubles de Chicago dressés devant lui. Ce matin, il a opté pour un total look bleu, ce qui lui va à merveille.

Difficile de trouver une tenue qui ne lui va pas, à vrai dire.

Le bruit de mes pas le fait se retourner et il pose ses iris indéchiffrables sur moi.

Ça devrait me procurer de la satisfaction.

– Très bien, faisons un nouveau débriefing la semaine prochaine.

Sans me lâcher du regard, il salue son interlocuteur. Quand je suis partie du bureau hier, il était encore enfermé avec son père, du coup le fameux dessert est totalement passé à la trappe. Je devrais m'en trouver en quelque sorte réjouie, puisque j'ai épargné à mon petit cœur meurtri un intérêt sincère non réciproque. Mais quand je le vois s'écarter des énormes vitres pour s'approcher dans une démarche assurée de son bureau et réduire l'espace qui nous sépare, mes jambes deviennent coton et j'ai envie de plonger dans ses bras.

Tu n'es pas du tout dans la merde, ma vieille.

– Voici ce que vous m'avez demandé ce matin, dis-je lorsqu'il raccroche.

Il hausse un sourcil en m'entendant le vouvoyer avant de remarquer la porte de son bureau ouverte. Je dépose mon compte rendu sur la table, à côté de son ordinateur et d'une montagne de dossiers.

– Déjà ? s'étonne-t-il.

Notre intimité récente n'a pas fait diminuer sa supériorité, et son ironie me fait presque sourire. Elle est plus contrôlée, moins prononcée que d'habitude, mais elle reste présente. Il attrape la pochette verte et l'ouvre pour y jeter un coup d'œil. Je le laisse feuilleter mes travaux en silence et tente de déchiffrer ce qu'il pense. En vain : quand il s'agit de travail, il a le visage aussi sérieux et impassible qu'une statue de marbre. Il ferme le dossier dans un bruit sec et le lance avec nonchalance sur son bureau.

Euh… J'ai quand même passé plusieurs heures dessus.

– Ça m'a l'air bon, mademoiselle Barnett.

– Ravie que ça vous plaise, monsieur Perkins.

Son ordinateur se met à sonner dans la seconde qui suit et je serre les dents, déçue et en même temps soulagée que notre entrevue se termine rapidement. Plus vite je sortirai de ce bureau, mieux je me porterai.

– Hey, comment tu vas, mon frère ?

La voix qui s'élève m'est totalement inconnue et je sens désormais que je suis de trop dans cette pièce.

– Très bien, et toi le New-Yorkais ? Les Rangers ne t'ont toujours pas converti, j'espère ?

Le visage de mon boss s'illumine d'une lueur que je ne lui connaissais pas. Et ça me fait vaciller, parce que jamais il n'a eu cette attitude avec moi et en aucun cas il ne me la donnera. Il faut que je me rende à l'évidence, avec Perkins nous ne partageons clairement pas les mêmes désirs. L'homme, que je suppose être James Perkins, rit derrière l'écran, imité par mon patron.

– Jamais ! J'ai les Blackhawks dans le sang.

– T'as intérêt.

Il a totalement oublié ma présence. Et au lieu de rester plantée là comme un pot de fleurs, je tourne les talons en silence, espérant retrouver un peu de dignité en quittant cet endroit. Je traverse la grande pièce en frottant le tissu kaki de ma jupe pour l'aplatir correctement sur mes cuisses. Arrivée à la porte, je suis stoppée net dans mon avancée :

– Mademoiselle Barnett.

Je me retourne pleine d'assurance – simulée, évidemment – et pose mon regard sur Archibald.

– Attends deux secondes, dit-il à son frère avant de couper son micro.

Il reporte son attention sur moi et me demande :

– Ce soir, chez moi ou chez toi ?

Prise au dépourvu, mon cœur fait un salto incontrôlé. Je secoue la tête et il hausse les sourcils, surpris.

– Je passe la soirée avec June, mens-je.

Il faut bien que je me préserve un peu si je ne veux pas retrouver mon corps écrasé au sol d'ici peu.

– Oh ! Je vois.

Sans lui laisser le temps d'ajouter autre chose, je quitte en vitesse son bureau.

27

L'intégralité de la salle se lève dans un brouhaha et je récupère mes notes devant moi avant de me mettre debout à mon tour.

– Ce genre de réunion, ça me donne toujours mal à la tête.

Je glousse aux propos d'Isabelle, debout derrière moi. Tous les trimestres, nous faisons un bilan et avons donc passé pratiquement trois heures en visioconférence avec la succursale de New York. C'était aussi intéressant qu'épuisant, d'autant que la majorité du temps, nous restons assis à simplement écouter, puisque personne ne prend la parole hormis le P.-D.G. et les directeurs.

Nous contournons la grande table ovale et j'ignore volontairement le regard qu'Archibald me lance lorsque nous passons devant lui et Dawson. J'ai passé le week-end à réfléchir à la meilleure attitude à avoir envers lui et je n'ai pas trouvé mieux que l'esquiver. J'ai beau avoir imaginé maintes et maintes fois dans ma tête des discours à lui présenter, aucun ne m'a donné le courage nécessaire pour me lancer.

Pourtant, un jour il va bien falloir.

À plusieurs reprises il a cherché à m'aborder depuis lundi, au détour d'un couloir tôt dans la matinée, ou après une conférence hier. Cependant, toutes ses tentatives sont restées vaines. Déjà parce que nous n'étions jamais seuls, mais aussi parce que je ne lui laissais pas le temps de me parler.

Je sais, je suis pathétique.

Une vraie flippette, comme dirait Isabelle !

– Un café ?

Ma meilleure amie s'arrête devant la salle de pause de l'étage.

– J'ai pas mal d'e-mails à envoyer, j'aimerais éviter de terminer trop tard ce soir.

Je regarde ma montre qui indique presque dix-sept heures.

– Comme tu veux, répond Isabelle.

D'un signe de la main, elle me salue et pénètre dans la pièce pour rejoindre deux collègues qui viennent de s'installer. Je longe le couloir et une fois arrivée devant les ascenseurs, je glisse mes doigts dans la poche de ma veste. Constatant que mon téléphone n'est pas à la place où je pensais l'avoir laissé, je cale mes documents contre ma poitrine et fouille dans mon pantalon beige.

Rien.

– Merde, soufflé-je.

Les portes s'ouvrent devant moi mais je fais volte-face et marche jusqu'à la salle de conférence. Je m'apprête à y pénétrer quand la voix de Perkins me stoppe dans mon mouvement. D'abord surprise par l'intonation froide et moqueuse de mon patron, je mets quelques secondes à assimiler la discussion qui est en train de se dérouler. Il n'est pas seul. Consciente qu'écouter aux portes est loin d'être la meilleure idée, mes états d'âme volent en éclats quand je comprends le sujet de la conversation. Il parle d'une femme. Et sauf dernières nouvelles, la seule qu'il fréquente actuellement, c'est *moi*. Plus que piquée dans ma curiosité, je me cale discrètement dans l'embrasure et penche la tête pour observer ce qu'il se passe à l'intérieur.

– Vraiment, Frank, c'est une calamité.

Un rire rauque s'élève et Dawson apparaît dans mon champ de vision pour frapper amicalement l'épaule d'Archibald, hilare.

– Je te jure. Déjà que je n'envisageais aucune relation, mais avec elle, encore moins. Tu l'aurais vue la dernière fois, elle ne tenait pas l'alcool, c'était d'un ridicule. Heureusement qu'elle n'a jamais su où j'habitais, c'est bien le genre à se pointer pour se faire sauter.

Ma gorge se serre. Le peu d'air que j'insuffle à mon cerveau m'empêche de réfléchir correctement et de trouver une réponse rationnelle.

Putain, mais il parle de moi ?

Dawson étouffe un rire gras.

– Mais c'était amusant, tu m'as dit ?

Amusant.

J'ai ma réponse. Le mot tombe directement dans le fond de mon estomac et j'ai l'impression que je vais vomir.

– Bien sûr, ça m'a bien détendu. Mais franchement, elle a beau être belle et bien baiser, c'est pas suffisant. Tu me connais, je me lasse rapidement, et puis je préfère les blondes.

Les deux hommes se marrent bruyamment. Impossible de reconnaître le Perkins arrogant que je connais ou même l'autre, celui que j'ai réussi à découvrir dans l'intimité. Celui-là est pire. Plus mesquin. Une facette que je n'avais encore jamais vue.

Si c'est ça sa définition de la discrétion, alors il s'est bien foutu de ma gueule.

– Je vois, donc à la suivante.

Dites-moi que je rêve.

– C'est ça.

De nouveaux ricanements s'élèvent et je m'éloigne du bureau, les larmes menaçant de couler. Je renifle et pousse la porte des escaliers de service. Je monte en courant jusqu'à mon étage et longe les murs. J'aurais dû me douter que ce mec était le pire des enculés. Les signaux étaient au rouge dès le départ. Un type arrogant, imbu de lui-même, à la limite de la misogynie et qui ne pensait qu'à son plaisir.

Je baise bien ? Mieux que toi, en tout cas, connard !

– Aprile, tu as cinq minutes ?

Je fais un geste de main à Suzy, qui apparaît sur ma

gauche, un dossier dans les mains, pour lui signifier que je ne suis pas disponible et pars m'enfermer dans mon bureau. Je découvre mon portable à côté de mon ordinateur et je ferme les yeux, retenant le cri qui menace de s'échapper de mes lèvres.

Putain. De. Merde.

Une foison de jurons résonne dans ma tête tandis que toutes les conversations que j'ai eues avec Perkins me remontent en plein visage. J'analyse un à un les mots qu'il m'a dits et me rends compte de trois choses :

La première est que c'est le plus gros des connards et en pole position.

La deuxième est qu'il s'est bien foutu de moi en me promettant que cela n'impacterait pas ma carrière. Visiblement, me rabaisser devant son collaborateur, qui plus est l'un de mes supérieurs, c'est sa vision des choses. Classe. À la hauteur de sa perfidie.

Et la troisième est qu'il a eu ce qu'il voulait. Il s'est amusé. Mais de la pire des manières. Et je l'ai laissé faire, lui déballant le tapis rouge comme une conne…

Je bascule la tête en arrière en soupirant, essayant par la même occasion de faire sécher mes yeux humides. Une fois – presque – calmée, je contourne mon bureau et éteins mon ordinateur. Je n'ai plus la tête à rester ici et il est raisonnablement l'heure de partir. J'attrape mon sac à main, ma veste, et quitte cet endroit.

***

J'agrippe mon plaid noir que je remonte sur ma poitrine en fixant sans grand intérêt l'émission culinaire qui passe à la télé. J'ai le cœur lourd et la soupe que j'ai avalée une heure plus tôt me reste sur l'estomac. Mon téléphone se met une nouvelle fois à vibrer sous mes fesses et je me contorsionne pour m'en emparer. Je grogne lorsque mon regard se pose sur l'écran et le nombre de notifications. J'ai dix appels manqués de June, six d'Isabelle et autant de messages.

Connaissant ma sœur, elle serait capable d'appeler le FBI si je ne lui réponds pas incessamment sous peu. Je déverrouille mon portable et parcours en vitesse les messages non lus.

Isabelle (18:09)
[T'es déjà rentrée ?]

Isabelle (18:22)
[Je viens de croiser Suzy.
Elle m'a dit que t'avais pas l'air en forme.]

Isabelle (18:22)
[Ça va ?]

Isabelle (18:34)
[Perkins demande où t'es.]

Isabelle (19:11)
[Allô ?]

Isabelle (19:36)
[Aprile, réponds-moi !]

Isabelle (20:04)
[Je commence à m'inquiéter.
Si tu ne réponds pas
dans les quinze prochaines minutes,
j'appelle ta sœur.]

Isabelle (20:39)
[OK, j'appelle June.]

Je passe ma paume sur mon visage en marmonnant. J'aurais dû la prévenir que je rentrais et trouver un vieux motif pour qu'elle n'ameute pas toute la ville. J'évite de lire les messages paniqués de ma sœur et pianote directement une réponse pour la rassurer. Le pouce prêt à appuyer sur « envoyer », je sursaute lorsque j'entends la sonnette de l'interphone de mon appartement résonner dans l'entrée.

Je ne me lève pas et tends l'oreille, espérant que c'est simplement un voisin qui a oublié ses clés et qui fait tous les noms de l'immeuble pour qu'on lui ouvre. J'envoie mon message, pose mon téléphone à côté de moi et glisse mes mains sous mon coussin. La sonnerie retentit une nouvelle fois, plus intensément. Je jure et me redresse en vitesse. Je me stabilise quelques secondes pour faire passer le tournis qui s'empare de ma tête et m'avance sous une avalanche de bruits de sonnette. Je décroche le combiné de l'interphone, énervée, et le porte à mon oreille.

– Mais si, elle est là, elle ne peut pas être ailleurs.

– Rappelle une nouvelle fois pour voir.

– Ça ne marche pas.

– Allô ? Aprile ? Allô ?

Je pince l'arête de mon nez lorsque j'entends ma sœur et Isabelle de l'autre côté.

– Vous voulez quoi ? grogné-je.

– Mon Dieu ! s'exclame ma sœur d'une voix aiguë. Tu ne pouvais pas répondre à tes messages ?

– June...

– Putain, tu sais depuis combien de temps on essaie de te joindre ? Pourquoi tu ne réponds pas, hein ? On a eu peur, franchement…

– June ! reprends-je d'un ton sec.

Elle se tait et je souffle.

– Parle moins fort, t'es dans la rue, là. Montez.

J'appuie sur le bouton pour leur ouvrir la porte d'entrée de l'immeuble et déverrouille mon appartement. En moins de temps que je ne le pensais, elles sont dans mon salon, le visage tiré par l'inquiétude.

– Qu'est-ce qu'il t'arrive ? demande ma sœur.

– T'as une mine affreuse.

– T'as pleuré ?

Je m'affale dans le sofa et remonte le plaid sur ma poitrine.

– Non.

Vu la grimace qu'elles tirent, elles en doutent et viennent s'asseoir à mes côtés. Ma sœur glisse ses doigts dans mes cheveux et commence des mouvements rassurants.

– Dis-nous ce qu'il y a.

Sans comprendre pourquoi maintenant, les valves s'ouvrent et je pleure. Je raconte tout ce que j'ai entendu dans la salle de conférence quelques heures auparavant dans des phrases entrecoupées par des hoquets.

Je me sens minable !

Je déverse tout ce que j'ai dans le cœur et ça fait un bien fou. Lorsque j'arrête de parler, j'ai les yeux gonflés mais je me sens légère. Toujours aussi pathétique, mais moins triste. Je renifle et lance un coup d'œil aux filles qui m'observent, silencieuses.

– J'en reviens pas ! C'est quoi, ce type ?!

– Dire que je l'ai invité sous mon toit, que je lui ai offert à manger.

Énervée, June croise les jambes.

– Tu ne pouvais pas savoir, tente Isa.

– Je ne peux pas en parler à Charly maintenant, il va…

– Ne lui en parle pas du tout, la coupé-je.

– Aprile, il a le droit de savoir comment son ami s'est comporté avec toi, poursuit-elle.

Je secoue la tête en la suppliant du regard. Si elle en parle à son mari, ça sera dix fois pire. Je préfère que ça reste entre nous et oublier cette histoire. Pour le bien de tous.

Enfin, surtout de moi.

– S'il te plaît. C'est moi qui ai fait une connerie, OK ? Je n'aurais pas dû me laisser embarquer là-dedans. J'ai été idiote.

– Non, Aprile. Les sentiments ne se contrôlent pas.

– Je n'aurais quand même pas dû m'attacher.

Ma meilleure amie hausse les épaules en se pinçant les lèvres.

– Il a su comment te parler et t'amadouer, c'est tout. Tu ne dois pas être la première.

– Isa a raison. Ne te blâme pas pour ça.

Elles passent leurs bras autour de moi et nous nous enlaçons un long moment en silence. Une fois que j'ai retrouvé une respiration à peu près normale et que je me suis apaisée, Isabelle se lève.

– Bon, elles sont où, tes B.E.C.E.U. ?

Je fronce les sourcils, essayant de comprendre où elle veut en venir.

– Tes Bouteilles En Cas d'Extrême Urgence. L'alcool fort que tu gardes en réserve quand faut picoler pour oublier.

June s'esclaffe à côté de moi tandis que j'indique le placard de l'entrée à ma meilleure amie. Elle revient peu de temps après avec de la vodka et du whisky.

Je me demande pourquoi je n'y ai pas pensé avant.

Sûrement parce que je bosse demain.

Ça promet.

28

Malgré l'horrible gueule de bois que je me paye depuis ce matin, je me sens plutôt bien. La soirée passée avec les filles m'a remonté le moral et c'est de bonne humeur que je suis arrivée au travail – avec une heure de retard et un mal de crâne du tonnerre. Perkins n'a rien vu, ou alors il a fait semblant de ne rien voir. En tout cas, il ne m'a rien dit et n'est pas sorti de son bureau quand je suis entrée dans le mien. Il n'a même pas levé les yeux de son ordinateur. Tant mieux, j'ai beau avoir la meilleure volonté du monde aujourd'hui, je pense que je serais capable de l'envoyer se faire foutre sans aucune retenue devant tout l'étage s'il venait m'adresser la parole.

J'attrape ma tasse et bois une gorgée de l'aspirine que j'ai cachée dedans. Personne n'a remarqué que je n'avais dormi que trois heures. J'ai maquillé mon visage avec une tonne de fond de teint, d'anticernes et de mascara. Le résultat est plutôt correct, j'ai presque bonne mine.

Un miracle !

Mon portable vibre à côté de mon clavier. Je le déverrouille et glousse en lisant les messages de ma sœur et de ma meilleure amie sur notre conversation groupée.

June : (11:31) Alerte, j'en peux plus d'écouter Mme White me parler encore de son chat.

June : (11:35) Je me suis trompée de prénom de patient trois fois…

Isabelle : (11:35) Lol.

June : (11:36) Plus jamais je bois en semaine.
June : (11:37) Plus jamais je bois du TOUT.
Isabelle : (11:37) C'est la vieillesse, moi ça va !
June : (11:38) Sale garce ! Tu t'es surtout arrêtée à la troisième tournée de shooters.

Je pianote une réponse en gloussant.

– Vous vous amusez bien, mademoiselle Barnett ?

Je sursaute et lâche mon portable qui échoue dans un bruit sourd sur le bois de mon bureau. Mon corps entier se crispe et je lève un regard rapide vers l'homme devant moi. Adossé contre l'encadrement de la porte, Perkins m'observe en souriant. L'aura diablement sexy qu'il dégage dans son costume bordeaux me fait tressaillir. Sans prendre la peine de lui répondre, je décale mon portable à côté de mon clavier et me racle la gorge. L'air de rien. J'avance davantage mon siège tout en prenant soin de l'ignorer et rive mon attention sur l'écran de mon ordinateur.

Avec un peu de chance, il va voir que je suis occupée.

– Je me disais…

Je l'aperçois s'approcher. Je retiens ma respiration tandis que mon cœur s'affole. Si j'arrive à paraître neutre et calme en apparence, à l'intérieur de moi c'est la jungle. Ma main se crispe sur ma souris d'ordinateur et je ne bouge pas d'un cil.

Très naturelle.

– Nous pourrions aller au restaurant un de ces jours. Je t'invite, bien sûr.

Donc hier il me méprise devant son collaborateur, et aujourd'hui il revient la queue entre les jambes en faisant des pirouettes. Un resto, vraiment ?

À quoi il joue ?

Il croit vraiment que je suis assez stupide pour le laisser se foutre de ma gueule encore longtemps ? Il se met le doigt dans l'œil jusqu'au coude. Je mords ma joue et fais jouer le curseur de la souris, tentant en vain de ne pas croiser ses iris sombres.

– Ce soir ? Qu'en dis-tu ?

Je serre les dents et me retiens de l'envoyer dire bonjour au diable. Au lieu de ça, je réponds fermement :

– Non.

– Tu as prévu quelque chose ?

– C'est ça, mens-je.

Je soupire et m'enfonce dans mon siège. Je redresse la tête et plante mon regard dans le sien, une lueur indéchiffrable traverse ses pupilles noires.

Ne te laisse pas berner, Aprile.

– Demain, alors ?

– Non plus, ni même après-demain.

Les lèvres entrouvertes, il me fixe en fronçant les sourcils. Il semble tiraillé entre l'incrédulité, l'incompréhension et l'énervement.

– Quelque chose ne va pas ?

Un rire jaune et incontrôlé s'échappe de ma gorge. Mon corps convulse et je pose les coudes sur mon bureau pour tenter de me calmer. Je le scrute de mon œil le plus dur et j'ouvre la bouche, puis la referme, et ce plusieurs fois avant de dire :

– C'est bien que vous le demandiez parce que…

– Hey ! lance soudain Oliver en pénétrant dans la pièce.

Il s'arrête net lorsqu'il s'apprête à s'écraser contre le dos de Perkins. Histoire de bien montrer à mon patron que mon humeur désagréable lui est entièrement réservée, je déclare d'une voix enjouée :

– Je t'attendais.

Mon collègue hésite un instant mais quand il voit mon visage souriant, il s'avance. Il contourne Archibald qui n'a pas bougé d'un millimètre, debout près de mon bureau à me scruter. Il émane de lui un froid glacial et l'atmosphère est vraiment électrique. Oliver se poste à mes côtés, légèrement gêné.

– Nous avons terminé, monsieur Perkins.

La veine de son cou pulse et un muscle de sa mâchoire se crispe. Contre toute attente, il s'en va dans un courant d'air sans rien ajouter.

OK, je ne l'ai peut-être pas envoyé chier devant tout l'étage, mais au moins je m'en suis débarrassée.

– Alors montre-moi tout ça, commence Oliver en se penchant devant mon ordinateur.

Je devrais me sentir soulagée. Mais au lieu de ça, j'ai toujours cette horrible boule qui bloque ma poitrine.

***

Quinze.

C'est le nombre de jours que j'ai réussi à tenir depuis que j'ai surpris la conversation dans la salle de conférence.

Quinze.

Et pas une seule fois je ne me suis retrouvée seule avec Perkins depuis qu'il a fait irruption dans mon bureau pour m'inviter au resto.

Au resto ! Putain ! Mais quel connard !

Depuis, c'est le retour de l'Imperator. La banquise. Même la Reine des neiges n'est pas aussi froide que lui.

C'est comme si tout ce qui s'était passé depuis début avril n'était qu'un mirage. Le fruit de mon imagination. Ce qui est bien réel, en revanche, ce sont ces bulles qui explosent dans mon estomac quand il passe à côté de moi. Ces frissons sur ma peau quand je sens son parfum dans les locaux de Patience ou ce cœur qui palpite quand je tombe sur ses deux iris sombres braqués sur moi.

Un enfer sur terre. *Mon* douloureux enfer.

C'est d'ailleurs exactement ce qu'il se passe en ce moment, tandis que je traverse l'étage pour rejoindre mon bureau et que je le contourne alors qu'il est en compagnie de deux assistants commerciaux. Si le début du mois de mai a apporté autant de bonnes résolutions que de soleil et de motivation, mon corps, lui, n'a pas fini de me trahir. Il tressaille dès qu'il en a l'occasion.

Un traître de plus !

Je retiens mon souffle et parcours les derniers mètres d'un pas rapide. Je ferme la porte derrière moi, la respiration haletante, et hoquette de surprise quand je vois un énorme bouquet de fleurs trôner fièrement devant mon clavier d'ordinateur.

J'avance prudemment vers ce présent aux tons printaniers et attrape la carte déposée au centre des pivoines, des roses et des œillets fuchsia. Je déplie le papier et souris affectueusement en lisant la note.

Joyeux anniversaire, ma douce !
Maman et papa

J'attrape le bouquet et y plonge mon nez avant d'inspirer à pleins poumons. Même si je suis relativement proche de mes parents, nous ne nous appelons que très peu de fois dans l'année. Ils ont décidé d'emménager en Floride il y a presque cinq ans, nous laissant June et moi ici. Plus de mille kilomètres nous séparent désormais et une heure de décalage. Nous avons accepté assez facilement leur choix de terminer leurs vieux jours au soleil. C'était leur rêve depuis qu'ils s'étaient rencontrés et ils ont sauté sur l'occasion lorsque nous avons commencé à être autonomes financièrement. Il est clair que si nous n'étions pas autant prises par nos boulots respectifs, ma sœur et moi, nous passerions plus de temps dans l'avion pour aller les voir. Malgré nos réunions annuelles tous les étés et chaque Noël en famille, ils me manquent terriblement.

Requinquée par cette attention, j'attrape les fleurs et les dépose sur ma petite table basse. J'inspecte le résultat, fière de moi. Une fragrance apaisante embaume toute la pièce.

Le sourire aux lèvres, je me décale et m'assois sur mon siège devant mon ordinateur.

– Nous sommes sur un lieu de travail, ça n'a rien à faire ici.

La voix tonne et résonne dans le couloir. Je redresse la tête et tombe sur Perkins qui me lorgne d'un œil mauvais. Confuse, je plisse les paupières et il ne me faut pas longtemps pour comprendre à quoi il fait référence.

– Les fleurs ?

– C'est votre vie privée, elle n'a pas lieu d'être étalée ici.

Euh… Ce sont des fleurs ! C'est quoi, cette nouvelle règle de merde qui interdit des F.L.E.U.R.S. ?

Je tourne la tête en direction du bouquet puis reporte mon attention sur lui. Les muscles de la mâchoire apparents, il m'adresse un regard hautain.

– C'est parce que c'est mon…

– J'ai l'air d'en avoir quelque chose à faire ? Jetez-moi ça, je ne veux plus les voir.

Il ne me laisse pas le temps de renchérir qu'il s'éloigne en aboyant dans le couloir :

– Non mais je rêve, ce n'est pas le jardin botanique ici.

Je sursaute lorsque j'entends sa porte de bureau claquer.

– Il lui arrive quoi encore ?

Isabelle entre dans la pièce, les sourcils relevés, un gobelet de café dans chaque main.

– C'est vraiment à moi que tu demandes ? grincé-je, irritée par l'intervention de mon boss.

Elle glousse et dépose un gobelet devant moi.

– Bon anniversaire, ma BFF !

Je me lève et enlace mon amie en la remerciant. Elle se décale et attrape ma main pour me faire tourner sur moi-même. Elle siffle tandis que ma petite robe fleurie vole autour de mes cuisses nues.

– C'est nouveau ça ?

– Je l'ai achetée hier, une envie de changement.

Je baisse la tête sur ma tenue et aplatis le tissu pour lui donner la bonne forme.

– T'es magnifique. Les 29 ans te vont bien.

Je secoue la tête en souriant et sens le rouge me monter légèrement aux joues.

– T'en fais pas, les tiens arrivent bientôt.

– Il me tarde, dit-elle en sautillant sur place.

J'empoigne mon café et pose mes fesses contre mon bureau.

– On fête ça ce soir ?

– June a réservé pour trois au Treehouse. Charly s'occupe des jumelles et nous laisse passer la soirée entre filles.

– Génial ! s'exclame Isa.

Je ris en voyant ma meilleure amie se réjouir de la soirée qui s'annonce et ne peux que sourire à mon tour. Aujourd'hui, c'est mon jour. Je ne laisserai personne me le gâcher.

29

Mon projet pour Sweet Patience a été accepté le jour de mon anniversaire. Celui sur lequel je bosse sans relâche. Celui qui est censé me permettre de faire mes preuves, de lancer un produit de A à Z. Je devrais être folle de joie, courir dans tous les sens et crier pour montrer à quel point je suis heureuse, fière de moi. Au lieu de ça, je suis énervée. La raison ne devrait plus m'étonner.

Archibald Perkins.

J'ai innové, développé, élargi, j'ai tout donné pour cette nouvelle crème. Et même si ça a payé, même si ça a été validé par le P.-D.G., pour son fils ce n'est « jamais assez », « trop bancal », « pas digne de chez Patience ».

Au début, j'acceptais son comportement. Je venais d'arriver, je n'avais pas réellement de place dans l'entreprise ou mon mot à dire. Je devais faire mes preuves. Bêtement, je pensais qu'il allait s'adoucir avec le temps, voir le potentiel que j'avais, ma soif d'apprendre, de m'améliorer et mon évolution. J'y ai cru quand nous avons commencé à nous « fréquenter », j'ai vu dans certains de ses comportements, certaines de ses réactions, une lueur d'espoir. Mais maintenant, alors que j'ai mené à terme ce projet, que je lui ai presque donné vie, que j'ai été plus loin que ce que Patience espérait et imaginait, rien n'a changé. Rien du tout. Archibald Perkins est resté le même.

Con. Hautain. Méprisable. À baffer.

Je me rends compte que je n'en peux plus. Je ne veux plus travailler dans ces conditions, être continuellement remise à ma place, rabaissée et dénigrée. Et encore moins depuis ce qu'il a dit à Frank Dawson. Je ne me sens plus à ma place.

J'ai 29 ans et encore toute la vie devant moi. Je ne me sens plus capable de rester dans un travail qui ne me convient pas et qui me remet constamment en question. J'ai besoin de m'épanouir et de trouver la place que je mérite. Si pour cela je dois quitter Patience, alors je suis prête.

Prête à dire ce que je pense à cet homme arrogant qui se trouve devant moi, les bras croisés, dos à son immense vitre qui surplombe Chicago et le regard froid braqué sur moi.

Je vais sûrement regretter ce travail si enrichissant, stimulant et que j'adore. Mais lui, jamais.

Mon estomac se serre comme pour me contredire mais je l'ignore et ferme la porte derrière moi, déterminée.

– J'ai à vous parler.

Il hausse un sourcil d'un air dédaigneux. Je tente de faire abstraction de cette odeur et des souvenirs dans cette pièce qui grattent pour démolir la cloison que j'ai érigée dans mon esprit.

– Je n'ai pas le temps d'écouter des pleurnicheries. Vous avez eu ce que vous vouliez. Votre projet a été validé. Maintenant, sortez.

Je serre les dents et pose mes poings sur mes hanches, avec un peu de chance, j'aurai l'air menaçante. Il ne bronche pas devant mon manège et se retourne face aux buildings. Son large dos recouvert d'une veste noire me lorgne, le silence s'installe dans la pièce. Il fait chaud et l'atmosphère est pesante.

– Je ne sortirai pas. J'ai dit que j'avais à vous parler.

Je le pointe du doigt, mais il ne regarde pas et reste les bras croisés devant sa fenêtre.

– Je tiens à vous dire que vous êtes l'homme le plus méprisant que j'aie rencontré dans ma vie.

Aucune réaction. Je fulmine. Son attitude a raison de moi

et de ma bienséance. Je ne contiens plus la rage qui bout dans mon sang et débite mes paroles sans réfléchir, prise d'une diarrhée verbale soudaine.

– Vous ne savez pas diriger une équipe et vous n'avez pas les qualités d'un vrai et bon patron.

Il se retourne, le visage sévère. Les lèvres légèrement retroussées, il plisse les paupières et me toise durement.

– Vous ne savez qu'aboyer et dénigrer. Vous êtes dénué de tact, de politesse et de bon sens relationnel. Vous n'êtes que dédain et méchanceté.

– Vous avez terminé ? gronde-t-il.

J'ouvre la bouche puis la referme, le doigt toujours pointé dans sa direction. Les mots me manquent.

– Je ne devrais même pas être étonné par votre comportement.

Un ricanement amer s'échappe de sa gorge et il frotte sa mâchoire, le front plissé.

– J'admets avoir ma part de responsabilité dans votre manque flagrant de professionnalisme. Je vous ai clairement mal jugée. Je vous ai laissée malencontreusement croire que vous pouviez prendre vos aises avec moi.

– Croire ? dis-je avec une ironie à peine voilée. Ça, pour faire croire des choses, vous êtes un chef.

Il me jauge en silence, les bras croisés sur son énorme torse.

– Ne vous en faites pas, c'est la dernière fois que je prends mes aises. Je démissionne.

Mes derniers mots semblent lui faire un choc puisqu'il fait un pas en arrière, les yeux ronds et la bouche entrouverte. Sa surprise ne dure qu'une seconde tout au plus ; il se reprend et fronce à nouveau les sourcils.

– Vous démissionnez ? répète-t-il.

– Vous avez très bien entendu. Je dé-mis-sion-ne.

Silence.

Son torse se soulève et il soupire.

– Comme ça, vous n'aurez plus à me supporter, « calamité » que je suis.

J'ai levé les bras en l'air en répétant le terme qu'il a employé pour me décrire à Dawson. Je suis certaine que j'ai l'air d'une folle, transie d'amour au cœur brisé. Mais je m'en fiche. Puisque c'est terminé. J'en ai terminé avec ce fichu boulot et ce fichu patron.

Il m'observe, un air surpris sur le visage.

– Ne faites pas l'étonné. Vous jouez mal ce rôle.

– Mais de quoi parlez…

– Vous étiez plus convaincant lorsque vous avez dit que je n'étais bonne qu'à baiser et me faire sauter, le coupé-je.

Il écarquille les yeux et, pour le coup, on croirait presque qu'il est vraiment abasourdi.

– Ça y est, il comprend, dis-je dans un rire amer.

Je souffle bruyamment et croise les bras à mon tour.

– J'ai tout entendu. Quand vous parliez avec M. Dawson.

Je pince mes lèvres. Mes tempes pulsent et l'énervement me brûle le nez. Je me revois devant cette salle de conférence, à écouter ce qu'ils se racontaient à mon propos. J'entends encore distinctement sa voix moqueuse, leurs rires gras, et j'ai encore la sensation d'humiliation qui me broyait l'estomac.

– Ne vous en faites pas. Moi, je vais tenir parole et je ne vais rien…

– T'as cru que je parlais de toi ?

Les mots se meurent au fond de ma gorge. Il se pince l'arête du nez avant de se passer nerveusement la main dans les cheveux en jurant. Il a l'air à la fois déboussolé et soulagé, tandis que je reste en retrait, tâchant d'être le plus détachée possible quoi qu'il ait à me dire.

Il va me sortir une sauce à la Perkins. Un classique…

– Je ne parlais pas de toi, Aprile.

Mon cœur se serre et je recule, imperceptiblement.

Il ment, Aprile. Il ment forcément, il ne veut juste pas que tu lui fasses un procès.

– Merde, souffle-t-il. C'est pour ça que du jour au lendemain, tu m'as complètement rembarré ?

Sous le choc, je peine à comprendre ce qu'il se passe. Est-ce encore un de ses jeux pour s'amuser ?

Je le fixe, incrédule. Incapable de sortir une phrase de façon cohérente.

– Et moi qui pensais que tu fréquentais quelqu'un d'autre.

Je pique un fard et, malgré l'incompréhension, je me sens obligée de me défendre.

– Non, croassé-je. Je ne fréquente personne.

Il ne m'écoute pas et se retourne pour faire les cent pas dans son bureau, les épaules tendues et les mains dans les cheveux. Puis il me fait à nouveau face, le visage tiré par une émotion indéchiffrable et des mèches qui ondulent sur le haut de son crâne. Il est magnifique et j'en ai mal dans le cœur.

– Je ne parlais pas de toi, répète-t-il encore.

Il s'approche de moi et d'instinct je me recule. Il s'arrête. Une lueur douloureuse transparaît et ça me comprime le cœur.

Il joue bien.

Sa mâchoire se serre et il soupire en baissant la tête.

– Il y a plusieurs mois, Frank m'a présenté Katherine. Au début, nous nous sommes très bien entendus, elle était sympa et nous nous sommes vus plusieurs fois. Mais ça n'a pas fonctionné.

Je déglutis et serre davantage les bras contre ma poitrine, espérant trouver le courage de ne pas tomber dans son piège.

– Ça n'a pas fonctionné parce que même si nous avions été clairs sur la nature de notre relation, elle est devenue oppressive et intrusive. J'ai fini par y mettre un terme pour que ça ne s'envenime pas. Sauf qu'elle est presque devenue ingérable et a essayé de m'atteindre en s'approchant de mes parents.

Il parle vite et respire à peine. Je tente d'assimiler toutes les informations qu'il débite, en vain. Je tâche péniblement de déceler le vrai du faux. À force de voir une multitude de ses facettes, il m'est compliqué de savoir laquelle est la bonne.

– C'est pour ça que tu étais si méchant quand tu parlais d'elle ?

Il hoche la tête.

– Quand tu nous as entendus, Dawson venait de m'annoncer qu'elle avait déménagé. Il voulait savoir si j'avais des nouvelles, où j'en étais dans ma vie personnelle.

Il marque une pause et semble hésiter.

– J'ai fait semblant d'être désintéressé des femmes pour éviter qu'il comprenne que, depuis cette fille, il n'y avait eu que toi.

Il soupire et je suffoque presque.

– Dès le premier jour où je t'ai vue dans cet ensemble bleu marine, dans les locaux de Patience, j'ai su que toutes les règles que je m'imposais allaient être mises à rude épreuve.

Il rigole doucement et cherche dans mon regard une sorte d'approbation, que je ne lui donne pas. Il reprend un air sérieux et poursuit :

– J'ai réussi à garder une attitude impénétrable au départ. Déjà parce que l'histoire avec Katherine venait de se terminer, je ne voulais pas enchaîner avec quoi que ce soit, j'avais déjà assez donné. Et puis, tu étais une collègue. Pour moi, il était impensable d'avoir une relation au travail.

Il penche la tête pour accrocher mon regard que je lui donne.

– J'ai failli me marier, avoue-t-il enfin.

– Je sais.

Il ne paraît pas surpris et continue :

– Elle m'a trompé avec un homme de sa boîte. Dans notre lit. Je m'étais toujours juré de ne jamais reproduire ce schéma. Les relations au bureau, j'en étais malade ! Mais ça s'est produit avec toi, et ça m'a surpris.

Je mords ma joue et parcours la pièce du regard, cherchant un peu de répit dans tout ce que je me prends en pleine face.

Mes pensées se bousculent et se contredisent. J'ouvre la bouche, la referme et m'éloigne un peu d'Archibald pour reprendre mon souffle.

– Je ne m'y attendais pas. Je ne pensais pas que l'intérêt était réciproque jusqu'à ton poisson d'avril. Je m'en voulais vraiment de laisser les choses se faire, mais j'étais incapable de te résister.

Il rit, je suffoque.

– J'ai tout remis en question cette nuit-là quand tu as dit que tu ne voulais que t'amuser.

– Je pensais que c'était ce que tu voulais, dis-je enfin.

Ma voix fébrile résonne dans la pièce silencieuse et Archibald passe une main tendue sur sa nuque.

– Non. Je croyais que nous n'attendions pas la même chose et que j'en attendais plus. Mais je n'ai pas voulu arrêter ou te contredire, parce que j'avais envie d'être avec toi, malgré tout.

OK, là, ça devient clairement irrespirable dans cette pièce.

– Jusqu'à ce que tu deviennes soudainement froide et que tu me repousses. Je pensais que l'histoire avec Lexi se reproduisait… Et que tu allais partir avec un collègue de travail.

Je plisse les paupières.

– Avec Oliver. Vous étiez si proches au séjour cohésion, et il a débarqué pile-poil au moment où tu étais distante.

– Il ne s'est rien passé avec lui. Et il ne se passera jamais rien. J'étais froide et distante car je pensais que tu avais parlé de moi à Dawson. Je ne sais pas pourquoi j'ai dit que je voulais m'amuser, m'emporté-je presque lorsqu'enfin mon cerveau se met en route. C'était faux, et tu n'as rien démenti.

Nous nous étudions un instant en silence, puis un rire nerveux s'échappe de sa gorge. Je l'imite, avant que le calme reprenne.

– Donc tout ça n'était qu'une succession de quiproquos, conclut-il.

Les bras toujours croisés, j'essaie de faire le vide dans ma tête et de remettre les pièces du puzzle en place. Avec Archibald qui me fixe de ses iris sombres, je peine à bien faire mon travail d'analyse mentale.

– Que faisons-nous ?

Je lève la tête et ancre mes yeux dans les siens.

– Tous les deux, je veux dire.

– Je ne sais pas.

Il glisse les mains dans ses poches de pantalon et je le vois déglutir.

– Tu démissionnes toujours ?

Je soupire et retiens un râle exaspéré, parce que là, maintenant, je ne suis plus sûre de rien.

– J'ai besoin de faire le point.

Voyant que je ne suis pas prête à lui dire ce qu'il souhaite entendre, il fait volte-face et avance d'un pas incertain jusqu'à son bureau.

– Je comprends. Rentre chez toi, Aprile. La nuit porte conseil. Reviens me voir demain matin, si tu as changé d'avis, j'en serai heureux. Sinon…

Il ne termine pas sa phrase et laisse en suspens les mots qu'il aurait aimé dire. Sans savoir s'il fait référence à ce qu'il y a entre nous ou à ma démission.

– Aprile ?

Je me tourne légèrement, prête à sortir, et observe Archibald qui est resté debout près de son bureau.

– Je suis désolé.

Sans un mot, je quitte son bureau. La tête pleine d'une multitude de nouvelles questions, mais le cœur plus léger. Je n'ai plus vraiment le goût à faire la fête ce soir, mais il va bien falloir. Je crois que mon cerveau a besoin d'un petit break après ce qu'il vient de subir.

Archibald Perkins s'est excusé et j'ai eu faux sur toute la ligne…

30

J'ai passé un super moment en compagnie des filles. Nous avons mangé dans un beau restaurant que nous affectionnons, dans le centre de Chicago. Une enseigne qui ne paye pas de mine, dans un immeuble quelconque mais à la cuisine raffinée, goûteuse et à des prix qui défient toute concurrence. Nous sommes toujours merveilleusement bien accueillies, et ce soir ne déroge pas à la règle. J'ai eu la chance de me voir offrir un dessert avec une multitude de bougies pour me souhaiter un joyeux anniversaire. Une agréable attention qui fait chaud au cœur. Il faut dire qu'ils commencent à nous connaître, puisque dès que nous en avons l'occasion ou lorsque nous voulons fêter quelque chose, nous nous y rendons.

Nous avons passé notre soirée à rire et à discuter de choses et d'autres, et pas une seule fois le sujet de Perkins n'est venu sur le tapis. Je n'ai pas non plus osé ni eu l'envie de leur raconter ce qu'il s'était passé quelques heures auparavant. Je n'en avais clairement pas la force, j'étais déjà émotionnellement épuisée par tout ce que j'avais appris. Néanmoins, j'ai passé le plus clair de mon temps à y penser. Et l'alcool ne m'a pas aidée à oublier puisque nous avons été raisonnables ce soir, nous n'avons bu qu'une bouteille.

Assise sur un banc à quelques mètres du restaurant, je lève la tête en direction du ciel. Les lumières des buildings et de la rue empêchent d'apercevoir les étoiles. Je ferme les yeux en respirant à pleins poumons et tente d'imaginer quelles constellations se trouvent au-dessus de ma tête, lorsque mon téléphone vibre.

Je déverrouille mon portable et lis le message de June dans notre conversation groupée, où elle nous indique être bientôt arrivée. La réponse d'Isabelle ne tarde pas et je glousse quand je vois qu'elle râle contre son chauffeur de taxi.

Il est bientôt minuit, pourtant les rues sont toujours animées. Les filles ont rechigné à me laisser faire un bout de trajet à pied. Elles ne comprennent pas comment on peut vouloir se balader dehors à cette heure-là. Moi, j'adore. Déjà parce qu'après une soirée à manger, ça permet de digérer, mais ça aide aussi à faire le tri dans ses pensées.

Et ça, j'en ai foutrement besoin.

Je me lève du banc et marche lentement, profitant de l'air encore agréable de ce début de nuit.

La nuit est censée porter conseil. C'est ce qu'il a dit, sauf que malgré les heures qui ont passé, je n'en vois pas encore la couleur. Je suis toujours dans un flou monumental le concernant.

Si j'en crois tout ce qu'il m'a dit (et une part de moi a envie de lui donner une confiance aveugle), il ne veut pas s'amuser, il souhaite « essayer quelque chose ». Malgré tout, il a gardé la même attitude revêche.

Contradictoire.

Il pensait que je fréquentais un autre homme, et moi, qu'il m'avait dénigrée auprès de Dawson.

Quiproquo.

Et il me porte de l'intérêt depuis mon arrivée dans leur entreprise. Moi ? Il m'a plu dès que je l'ai vu. Au-delà même de ce que j'ai pu ressentir pour les hommes que j'ai rencontrés avant lui. Bien plus encore quand il m'a embrassée dans les archives – entre autres.

Conclusion.

Sauf qu'un détail de taille entre en compte et n'a pas été réglé par tous ces aveux.

Il est mon patron.

Si nous en venions à nous fréquenter et qu'il changeait

de comportement envers moi, alors le privé deviendrait public. Et ça, ce serait un frein énorme pour ma carrière. Voire un coup d'arrêt.

Une employée qui couche avec son patron ? Je risque tout.

Il pourrait très bien garder son attitude de connard au boulot et être adorable dans l'intimité. J'ai déjà connu ça et je ne le supporterai pas une nouvelle fois. Je ne le supporte plus. Je serais incapable de discerner le vrai du faux et quel comportement adopter.

Je deviendrais totalement folle.

Mes talons claquent contre le sol, tandis que je déambule dans les rues. Arrivée à une intersection, je m'arrête et, en attendant que le feu piéton passe au vert, mon regard tombe sur une publicité de parfum.

BeautyG de chez Patience
Nouvelle fragrance aussi bien pour homme
que pour femme

À cet instant, les yeux rivés sur cette immense affiche, un éclair de lucidité me transperce. Une sensation qui se propage dans tout mon corps, tandis qu'une multitude de souvenirs déferlent dans mon esprit. Tout me paraît soudainement évident. Tétanisée par cette révélation, je reste plantée sur le trottoir, ignorant le feu vert. J'attrape mon téléphone et fais défiler mes contacts jusqu'à tomber sur le numéro espéré. J'hésite un moment devant le nom qui s'affiche sur l'écran. Il est tard et je devrais peut-être attendre demain matin.

Je range mon portable dans mon sac et poursuis ma route. À une autre intersection, la même affiche publicitaire défile sur un panneau. Je me force à l'ignorer et traverse au moment où le feu passe au vert. Un taxi passe devant moi, puis un autre, et je décide de m'arrêter pour appeler le prochain. Je patiente plusieurs secondes et un bus apparaît dans l'angle de la rue. Le logo de Patience placardé en énorme sur le flanc. Je me mets à rire fort.

Une fois, c'est un hasard. Deux fois, une coïncidence. Trois fois ?

J'abandonne ma recherche de taxi et glisse la main dans mon sac pour récupérer mon téléphone. J'appuie sur l'écran et, le cœur battant, pose le combiné contre mon oreille. La tonalité résonne dans mon estomac et au bout de la troisième, ça décroche.

– Oui ?

Sa voix est douce et mon estomac fait un twist. Je reste plantée sur le trottoir.

– C'est moi.

Le rire rauque d'Archibald retentit à l'autre bout du fil et vient s'écraser contre ma poitrine.

– Je sais, ton nom s'est affiché.

– Ah !

Je pince l'arête de mon nez, me fustigeant intérieurement pour mes propos idiots.

Quelle cruche.

– Je ne te dérange pas ? tenté-je.

– Non, je n'arrivais pas à dormir.

J'entends sa respiration régulière puis un bruit de draps qui frotte.

Il était dans son lit.

– Tu es où ? demande-t-il.

– Oh ! Euh…

Je parcours la rue du regard, cherchant un indice sur l'endroit où je me trouve. J'ai un peu marché sans but depuis que j'ai quitté le restaurant et je ne reconnais pas vraiment le quartier. Lorsque mes yeux tombent sur l'arrêt de métro le plus proche, je lui indique et je l'entends rire.

– Tu es sortie ?

Je me gifle mentalement, consciente que sa question était surtout de savoir si j'étais dehors.

– Je suis allée dîner au restaurant avec June et Isabelle, pour mon anniversaire.

– C'est aujourd'hui ? s'étonne-t-il soudain.

– Oui.

– Les fleurs… marmonne-t-il.

Je l'entends grogner et jurer.

– Les fleurs, gloussé-je.

– Je suis désolé.

– Ce n'est pas grave.

– Si, je me sens terriblement con.

Je pouffe à nouveau et regarde fixement au loin sur la route, espérant apercevoir un taxi.

– Joyeux anniversaire, déclare-t-il.

Sa voix rauque a pour effet immédiat de faire pulser mon entrejambe. Je serre les cuisses et lui réponds :

– Merci.

Heureusement qu'il ne voit pas le feu sur mes joues.

– Tu rentres chez toi, là ?

– Oui, j'attends un taxi.

Une voiture jaune s'arrête lorsqu'elle me voit lever le bras et je pénètre dans l'habitacle d'où une forte odeur de vanille s'échappe.

– Bonsoir, dis-je au conducteur, le téléphone toujours collé à l'oreille.

– Bonsoir, je vous conduis où ?

Alors que je commence à indiquer mon adresse au chauffeur, Archibald parle dans mon oreille.

– Attends, deux secondes, soufflé-je à Perkins.

Il parle à nouveau tandis que j'essaie de communiquer avec le petit monsieur d'une cinquantaine d'années qui attend devant son volant.

– Quoi ?

– Passe-moi le chauffeur.

– Pourquoi ? m'étonné-je.

Je fais un sourire désolé au monsieur.

– Passe-le-moi.

Je fais ce qu'il me demande sans broncher et tends mon téléphone au gars du taxi qui fixe l'appareil, incrédule.

– Il veut vous parler.

L'homme s'empare de l'objet et après plusieurs secondes à écouter ce que Perkins lui dit, il me le rend.

– Tu lui as dit quoi ?

Je me rends compte qu'il a raccroché parce que seule la tonalité me répond. Surprise, je reste un instant muette à écouter ce bruit tandis que le véhicule prend la route.

– Il vous a dit quoi ? demandé-je en m'avançant jusqu'au siège conducteur.

– Il m'a donné son adresse.

Je déglutis et me rassois au fond de la banquette.

– C'est OK pour vous ?

– Oui, oui, m'empressé-je de rassurer son reflet dans le rétroviseur.

Enfin, je crois.

Le cœur battant, j'observe les bâtiments défiler sous mes yeux. Le trajet est plus rapide que ce à quoi je m'attendais, cinq minutes à tout casser. Le taxi se range sur le côté de la route et alors que je sors ma carte bleue pour payer, le chauffeur m'arrête :

– Votre petit ami a déjà payé.

L'étonnement m'empêche de le contredire et il me salue, m'invitant à sortir de la voiture. Une fois devant l'immeuble, l'appréhension et l'angoisse me compriment l'estomac. Je voulais parler avec Archibald, mais maintenant que je suis là, je me sens fébrile. J'avance d'un pas incertain jusqu'à l'entrée et j'appuie sur la sonnette où est inscrit son nom de famille en lettres capitales.

– C'est au dernier étage, le concierge sait qui tu es.

Je traverse le hall d'entrée aux murs blancs et sol en marbre. C'est la première fois que j'entre dans un building aussi beau et je suis surprise par la décoration. Je me croirais presque dans un musée. Un homme aux cheveux grisonnants et au costume noir légèrement trop grand se matérialise devant moi et me fait sursauter. Il me salue et appuie sur le bouton de l'ascenseur. Je le remercie et pénètre dans la cage en acier. Même dedans, c'est beau. Un miroir au plafond, des lumières tamisées apaisent et rendent l'espace moins oppressant. Un ding indique que je suis arrivée à l'étage souhaité, et d'un pas chancelant, je sors.

– Bonsoir.

Archibald m'attend au bout du couloir, adossé contre l'encadrement d'une porte. Je lui souris timidement et, tandis que j'avance jusqu'à lui, je tente de me concentrer sur mes jambes qui menacent de flancher.

– Bonsoir, dis-je une fois à sa hauteur.

Dans une moue radieuse, il me laisse passer devant lui et j'entre dans son appartement. Ce que je vois est à l'image d'Archibald et exactement comme je m'en faisais l'idée. C'est grand, aéré. Le sol noir contraste avec les murs blancs. Les meubles en bois donnent une ambiance conviviale et la vue sur Chicago est à couper le souffle. Encore plus belle que celle de son bureau. La cuisine et le salon sont une seule et même pièce. Tout le logement semble être de plain-pied puisque je ne vois pas d'escalier, seulement une porte qui mène certainement à un couloir et une chambre.

Sa chambre.

La curiosité me titille et je meurs d'envie d'aller y jeter un coup d'œil. Inspecter chaque recoin, regarder dans son placard, respirer ses draps. Mon estomac crépite et mon cœur s'agite.

Tout doux, Aprile.

– Je te sers quelque chose à boire ?

Je me retourne pour faire face à Archibald. Les mains dans les poches d'un jogging, il est entièrement vêtu de noir. Le tissu de son T-shirt colle sa peau au niveau de ses biceps et moule ses pectoraux.

Je déglutis et humecte mes lèvres sèches.

J'étais déjà pas à l'aise mais là, j'en perds même l'usage de ma langue.

– Hm, Hm.

– Ça veut dire quoi ça ?

– Non, merci, réussis-je à dire avec une voix que je ne reconnais pas.

S'il est déçu de ma réponse, il ne le montre pas et continue à me fixer de ses iris sombres.

– Pourquoi tu m'as fait venir ici ?

– Pour te faire dire ce que tu ne m'as pas dit au téléphone.

Les mains moites, j'essaie de réfléchir à la raison pour laquelle je l'ai appelé. En vain, sous le poids de son regard, je perds la maîtrise totale de mon corps et de mon cerveau.

Je ne peux décemment pas lui dire que c'est parce que j'ai eu une révélation quand j'ai vu une de nos pubs.

Mes neurones sont en veille. Les seules choses qui s'éveillent sont ma peau qui frissonne, mon cœur qui palpite et l'intérieur de mes cuisses. Son parfum embaume encore plus que dans son bureau et j'en ai le tournis.

– La nuit m'a porté conseil.

Il soulève le bras et lorgne sa montre.

– Déjà ?

Il a parlé d'un ton nerveux. J'acquiesce et dépose mon sac au pied de son énorme canapé d'angle gris.

– Je démissionne.

La gaieté qui animait auparavant son visage s'éteint et il baisse la tête, les épaules affaissées. Il paraît atterré et j'en ai la poitrine qui se serre. Prise d'une soudaine envie de le prendre dans mes bras, je résiste. Parce que si je suis trop près de lui, je n'arriverai pas à parler.

– Je démissionne parce que je ne peux plus travailler pour toi.

– Très bien, dit-il avant de s'éloigner.

– Attends.

Je m'avance rapidement jusqu'à lui pour le rattraper. Je pose ma main sur son bras, il se retourne.

– Je ne peux plus travailler avec toi parce que je ne veux plus être ton employée. Je ne veux plus que tu sois mon patron, je veux...

J'expire l'air de mes poumons et une lueur nouvelle brille dans ses pupilles alors que je lâche son bras.

– Je ne veux plus de cette relation du chat et de la souris, ou jouer à celui qui aura le dessus. Je veux que nous soyons à niveau égal. Je ne veux plus travailler pour toi, sous tes ordres, parce que je veux être *avec* toi.

– Mais tu pourrais quand même rester chez Patience. Nous pourrions...

– Non, le coupé-je. Je ne pourrais pas.

Je glisse mes mains au niveau de ses hanches et colle mon corps contre le sien.

– C'est toi que je choisis. Pas Patience.

Son torse se gonfle, de sa main droite il empoigne ma nuque et s'empare de mes lèvres dans un baiser passionné. C'est différent de tous ceux qu'il m'a donnés, c'est plus tendre et plus sincère. Mon cœur explose lorsqu'il enroule ses bras autour de moi et qu'il m'enlace.

La respiration saccadée et les lèvres gonflées, il se recule et plante son regard dans le mien. À cet instant, tous les événements que nous avons traversés défilent dans mon esprit, comme un film en version accélérée. Le chemin a été long et plein d'embûches, mais je sens qu'il en valait la peine. D'autant plus lorsque je vois cette lueur douce et affectueuse briller au fond de ses iris alors qu'il me serre contre lui.

31

J'ouvre les yeux, les paupières lourdes, et m'étire, essayant de réveiller mon corps groggy. Je ressens dans chaque muscle et recoin de mon anatomie la nuit que j'ai passée dans les bras d'Archibald. Un léger sourire se dessine sur mes lèvres tandis que je me retourne vers la place vide qu'il occupait encore il y a quelques heures. Je passe la main sur les draps froids et me redresse légèrement. L'odeur de café et de bacon grillé traverse la porte de la chambre, m'indiquant immédiatement l'endroit où il se trouve. Je me lève du matelas en bâillant et attrape le premier vêtement que je vois au sol. C'est un T-shirt noir et il ne m'appartient pas. Je parcours la pièce faiblement éclairée du regard, à la recherche de mes affaires, avant de me rappeler être arrivée dans cette chambre nue.

Je me mords la lèvre lorsque les souvenirs d'Archibald et moi sur son canapé en cuir la veille au soir me reviennent en mémoire. Des picotements se répandent sur ma peau et je passe ma main dans mes cheveux emmêlés.

Nous avons énormément discuté avant de terminer l'un sur l'autre – concernant mon futur professionnel, il voulait être sûr que je n'avais pas pour projet de quitter Chicago, mais aussi de nos vies respectives, son passé… Et j'ai pris conscience d'énormément de choses. Déjà, je me suis totalement trompée sur l'homme qu'il était. Malgré les quelques fois où j'ai décelé une part d'humanité, avec moi il a bien caché son jeu, prétendant être un individu imbu de lui-même et insensible. Depuis que j'ai pénétré dans son appartement, il s'est révélé attentionné, drôle et agréable. Son arrogance jamais bien loin, j'ai commencé à l'appréhender d'une différente manière, voire l'apprécier. J'ai même été surprise par le désir que j'ai éprouvé lorsqu'il s'est exprimé avec suffisance tandis qu'il expliquait que jamais je ne trouverais meilleur endroit que Patience. Je l'ai fait taire avec mes lèvres. Et il m'a fait jouir sur ses genoux.

En bref, notre relation a pris un tournant inattendu.

Et dire que je suis sur un petit nuage serait un euphémisme.

Mon Dieu, qu'est-ce qui nous est arrivé ?

J'enfile le vêtement qui m'arrive sous les fesses et marche en direction de la cuisine. Dos à moi, il ne m'entend pas arriver, concentré sur le petit déjeuner qu'il est en train de préparer. Je m'installe sans un bruit sur une chaise haute, de l'autre côté de l'îlot central qui nous sépare. Seul un bas de jogging noir couvre son corps, me permettant d'admirer les muscles de son dos nu se contracter à chaque mouvement qu'il effectue. J'ai soudainement envie de traverser l'espace entre lui et moi pour plonger mes doigts dans ses cheveux ondulés et lécher son petit grain de beauté derrière l'oreille gauche. Comme si je n'avais pas déjà parcouru l'intégralité de son corps pendant des heures et que je n'étais toujours pas rassasiée de cet homme. Silencieuse, je l'observe, le coude posé sur la table et le menton dans la paume de ma main.

– Mademoiselle Barnett, respirez. Ce serait fâcheux que je vous récupère sur le sol de ma cuisine.

Je glousse tandis qu'il se retourne, une spatule en bois dans la main. Son regard tendre et rieur se fixe au mien, réveillant les papillons au fond de mon estomac.

– Monsieur Perkins, réponds-je avec la même intonation taquine.

Archibald me lance un sourire mutin et dépose l'ustensile à côté de la poêle avant d'éteindre le feu.

S'il pouvait par la même occasion faire taire celui qui se répand en moi...

Il contourne l'îlot central en deux enjambées et se poste devant moi. Une main posée sur la table et l'autre sur le dossier de ma chaise, il me surplombe. J'inspire, emplissant mes poumons de son odeur. Ses iris parcourent mon corps à demi nu, laissant une traînée de frissons sur leur passage, avant de se braquer sur les miens.

– Je pense que ceci m'appartient.

Il attrape du bout des doigts son T-shirt, au niveau de mes cuisses, frôlant volontairement ma peau.

– Il semblerait, croassé-je.

Il pose sa paume droite sur ma jambe et la remonte jusqu'à ma hanche nue.

Pour ce qui est d'éteindre le feu, ce n'est pas gagné.

– Vous voulez peut-être que je vous le rende ?

Un son guttural s'échappe de sa gorge et j'encercle sa nuque de mes bras, approchant mon corps du sien.

– Pourquoi j'aime quand tu me vouvoies comme ça ?

Mon rire se meurt entre ses lèvres qu'il écrase contre les miennes dans un baiser fougueux. Il empoigne mes hanches pour me coller contre son bassin et pétrit mes fesses dénudées. Je gémis tandis qu'il m'embrasse la mâchoire puis le creux de mon oreille. Accrochée à ses épaules, je bascule la tête en arrière pour lui laisser libre accès à mon cou. La bouche entrouverte, ma respiration s'accélère alors qu'il mordille ma peau sensible.

– J'ai faim, souffle-t-il.

Il s'éloigne de moi, me laissant pantelante, les joues rouges, le souffle saccadé et les jambes écartées sur ma chaise. Pantoise, je l'observe contourner la table pour se diriger vers les plaques de cuisson, la mine étirée dans un sourire espiègle. Je grogne, déçue qu'il fasse référence à un autre type de repas que moi sur l'îlot de sa cuisine, et tire sur le T-shirt pour me redonner une allure décente.

– Nous avons toute la journée pour explorer les recoins de mon appartement.

Il attrape la poêle et fait glisser les œufs dans deux assiettes pleines de bacon.

– Mais avant, à table.

L'odeur alléchante fait gronder mon estomac quand il dépose le récipient en face de moi.

– Hmm, gémis-je en attrapant la fourchette sur la table. Ça a l'air délicieux.

Je lorgne la nourriture avec envie et me mords la lèvre. Sentant le poids de son regard sur moi, je redresse la tête et le surprends à me fixer de ses pupilles sombres et voilées.

– Bon, dépêche-toi d'avaler tout ça, que je te prenne ici.

Je bascule la tête en arrière en riant, puis reporte mon attention sur lui. L'intensité dans ses iris n'a pas diminué et il ne me lâche pas des yeux.

Il est sérieux.

Mon estomac se tord délicieusement et j'engloutis mon assiette comme si j'avais, au sens propre, le feu aux fesses.

***

Je prends le peigne noir sur l'étagère, passe un coup dans mes mèches brunes humides et grimace devant l'allure que me renvoie le miroir. Le short de sport qu'Archibald m'a prêté glisse sur mes hanches et j'ai dû l'enrouler maladroitement sur lui-même pour le faire tenir. Le T-shirt blanc informe tombe négligemment de mes épaules et j'ai le visage cerné.

Classique du retour de baise.

Et quelle journée !

J'examine les produits qui jonchent le rebord du lavabo, à la recherche de quelque chose pour me donner un meilleur reflet, mais n'y vois rien d'autre que du gel après-rasage, de la cire pour cheveux et du parfum.

J'ai un temps d'arrêt devant la bouteille à l'effigie de chez Patience, qui ne me dit néanmoins rien.

Curieuse, j'empoigne le flacon noir et remarque les lettres

« A.W.P. » sur l'étiquette. J'appuie sur le bouchon pour faire sortir un peu de son contenu. Un nuage aux senteurs boisées m'enveloppe et je reconnais immédiatement l'odeur enivrante d'Archibald.

– Tu t'amuses bien ?

Je sursaute et me tourne vers Perkins. Je ne l'ai pas entendu arriver et ses yeux rieurs me scrutent.

– Ton propre parfum, sérieux ? demandé-je un brin moqueuse.

Il ouvre pleinement la porte et s'adosse contre l'encadrement en haussant les épaules.

– Ça a ses avantages d'être le petit-fils du fondateur.

Son sourire arrogant étire ses lèvres et je secoue la tête en riant.

– Jolie tenue.

Il m'indique mon accoutrement d'un coup de menton et je soupire.

– Tu veux qu'on passe chez toi pour que tu récupères quelques affaires ?

En arrivant hier soir, j'étais loin de me douter que j'allais rester autant de temps ici. La journée est passée à une vitesse folle et nous n'avons pas vu les heures défiler. Entre la chambre, le salon et la cuisine, nous avons été sacrément occupés.

Je secoue négativement la tête.

– Il est tard.

L'horloge de la salle de bains indique presque dix heures et je ne me vois pas traverser Chicago pour aller chercher une culotte et deux produits de maquillage. Je peux clairement m'en passer jusqu'à demain.

Nous quittons la pièce et je le suis jusqu'au salon. Il est pratiquement plongé dans la pénombre. Une lampe et les lumières provenant des fenêtres des immeubles voisins éclairent approximativement la pièce. La table basse est recouverte de dossiers et d'un ordinateur portable allumé.

– Tu travaillais ?

– Oui, se contente-t-il de me dire.

J'attrape une pochette cartonnée et parcours rapidement les informations qu'elle contient avant de la reposer à sa place.

– T'arrive-t-il au moins de faire une pause ?

Je me retourne pour lui faire face. Il me surplombe de toute sa hauteur, ses larges épaules engoncées dans un sweat bleu marine à l'effigie de Montréal. Les mains dans les poches avant de son jogging, il secoue la tête en riant.

– Jamais.

Il parcourt la distance qui nous sépare et glisse une main dans mes cheveux encore humides. Son geste me fait frissonner et je ferme un instant les yeux, profitant de cet élan de tendresse. Malgré les heures passées ensemble, j'ai toujours du mal à me faire à ce qu'il se passe entre nous. Je réalise que très peu de tout ce qu'il nous est arrivé depuis plusieurs semaines est réel et que je suis vraiment en train de m'engager dans une relation avec mon patron.

Futur ex-patron.

Lorsque j'ouvre les paupières, je tombe sur son regard tendre qui m'observe en silence.

– Mais je serais ravi d'en faire avec toi. Si elles ressemblent toutes à aujourd'hui.

Je n'ai pas senti mon cœur se gonfler, néanmoins je le sens exploser dans ma poitrine. Je me contente de le fixer, retenant le sourire niais qui menace de me déformer le visage.

Est-ce que j'ai le droit de m'emballer ?

Il dépose un baiser sur mon front et s'éloigne de moi pour se diriger vers la cuisine. Je l'entends à peine ouvrir un tiroir, l'esprit embué par tous les événements de ces vingt-quatre dernières heures, et m'avance jusqu'à la baie vitrée. J'ouvre la fenêtre et pénètre sur la terrasse. Le soleil a entièrement disparu, laissant place à une petite brise de milieu de soirée. J'avance jusqu'au balcon et m'y accoude, observant l'activité nocturne qui se déroule sous mes yeux. Si je trouvais déjà que la vue depuis les bureaux de Patience était magnifique, celle d'ici est bien meilleure. Encore plus à la nuit tombée.

Je n'ai pas besoin de me retourner pour savoir qu'Archibald arrive derrière moi. Je ne l'entends pourtant pas, mais mon corps réagit instantanément à sa présence. Je pivote la tête et mon cœur se serre comme à chaque fois que je pose mes yeux sur lui. Arrivé à ma hauteur, il se positionne à ma droite et me tend un verre de vin.

– Merci, murmuré-je.

Il lève son bras dans ma direction, m'incitant à trinquer avec lui. Le regard braqué sur le mien, il prononce d'une voix tendre :

– À nous.

OK, j'ai le droit de m'emballer.

32

– Tu m'emmènes où ?

– Chut !

Mon pied tape contre un rebord dur, m'obligeant à lever la jambe pour monter sur le trottoir.

– Si tu pouvais éviter de me faire perdre une jambe, ça m'arrangerait.

J'entends Isa glousser dans mon dos. Elle me tient par les épaules et me pousse en avant pour que j'avance. Elle m'a bandé les yeux avec un foulard dès que je l'ai rejointe en bas de chez Patience, après notre journée de travail. Bien que les immeubles ne soient pas à une grande distance l'un de l'autre, depuis que j'ai été embauchée il y a trois semaines chez Benny Sy, une grosse entreprise de sacs de luxe, comme responsable marketing, je n'ai pas revu ma meilleure amie. Nous nous sommes appelées quelques fois, mais entre mon nouveau poste, ses soirées passées avec Josh et les miennes avec Archibald, nous n'avons pas eu encore l'occasion de nous planifier un moment toutes les deux.

– Attention au poteau.

D'un mouvement sec, Isa me décale de ma trajectoire. J'ai une petite idée de l'endroit où nous arrivons lorsque j'entends de la musique s'échapper à ma droite. Les mains levées devant moi, je tâtonne dans le vide pour ne pas me prendre quelqu'un tandis que je pénètre à l'aveugle dans le bar. L'odeur familière du Barco me prend au nez, et je souris en avançant.

Isa m'immobilise et je sens ses doigts défaire le foulard

autour de mes yeux. Lorsque le tissu tombe sur mon nez, j'aperçois plusieurs visages familiers me fixer, les mines réjouies.

– Surprise !!

Plusieurs anciens collègues de chez Patience sont là, certains avec des verres à la main, d'autres les bras en l'air. June se trouve au premier plan, aux côtés de Charly. Suzy me saute dans les bras en riant et je la serre contre moi, ravie de la revoir. Si j'avais un doute sur ce qui m'attendait, voir tout ce monde réuni pour moi me met de bonne humeur. Le cœur qui bat la chamade, je souris niaisement.

– On n'a pas pu fêter ton départ, alors on fête ta nouvelle vie loin de nous.

Je tourne la tête vers Isa, qui sautille presque sur place. Je lui lance un regard de remerciement et m'avance pour dire bonjour à chacune des personnes présentes.

– Où sont les jumelles ? demandé-je lorsque j'embrasse ma sœur.

– La fille de la voisine les garde.

– On a donc carte blanche ce soir, annonce Charly, une bière à moitié vide dans la main.

June lui tape gentiment l'épaule, et je comprends qu'elle seule peut se permettre des écarts ce soir et que c'est lui qui gère si jamais il y a un quelconque problème. Je glousse et poursuis mes accolades.

Une seule personne est manquante, et malgré la joie de voir tous ces collègues et amis réunis – même Dawson et Tess sont là –, je ressens une pointe de déception.

Ethan me tend un verre que je lève en direction du groupe amassé en face de moi.

– À Aprile ! lance Gwen.

– À Aprile, répètent les autres à l'unisson.

Je bois une gorgée de mon mojito, et Oliver s'avance jusqu'à moi. Gwen à ses côtés, il commence à me poser des questions sur mon nouveau job. Je leur raconte mon premier jour, la rencontre avec mes nouveaux collègues et l'ambiance joviale qui règne dans l'entreprise. C'est plus petit que chez Patience, avec moins d'employés. J'ai vite fait le tour, néanmoins j'aime l'esprit d'équipe qui s'en dégage. Nous provenons tous d'endroits et de secteurs différents, et nous sommes tous là pour la même chose : développer Benny Sy qui veut s'exporter partout dans le monde.

Le bar est bondé, comme à son habitude. Nous avons les quatre tables du fond et prenons la moitié de l'espace. Les autres clients sont entassés dans l'entrée et tentent de se faire une place dans l'espace restreint. Je lance plusieurs coups d'œil vers la porte, l'esprit ailleurs malgré les conversations qui vont bon train autour de moi, espérant secrètement qu'une tête aux cheveux ondulés et bruns fera son apparition dans mon champ de vision. En vain. À mesure que les minutes défilent, je perds espoir. Lorsque je l'ai eu au téléphone hier soir, il m'a dit être débordé de travail depuis quelques jours. Je comprends donc qu'il n'a pas pu se libérer ce soir.

Je sens un bras venir encercler mes épaules et je sursaute en me retournant, tombant nez à nez avec le visage radieux d'Isa.

– Alors, heureuse ?

Je souris, tentant de masquer mes pensées négatives et acquiesce.

– Très. Merci pour cette belle surprise, confié-je.

– Je suis contente, alors. Tout le monde a pu venir, c'est cool.

La main sur mon épaule et l'autre tenant un verre de vin blanc, elle étudie ma réaction.

Tout le monde a pu venir.

Je déglutis difficilement mais n'efface pas mon air enjoué.

– Ouais, c'est cool.

Un sourire mutin sur le visage, Isa secoue la tête en riant.

– Tu ne sais pas mentir.

Je me mords la lèvre.

– Il ne viendra pas ? lui demandé-je.

Je n'ai pas réussi à contrôler ma voix. Elle était aiguë, comme celle d'une enfant qui n'a pas eu ce qu'elle voulait pour son anniversaire. La réponse ne vient pas, je pose donc mes yeux sur mon verre pour cacher ma peine. Elle m'a organisé une super soirée, ce n'est pas le moment de me plaindre.

– Arrête de faire cette tête, glousse ma meilleure amie.

Je relève les yeux sur elle, et d'un coup de menton elle m'invite à regarder derrière moi.

– Il est là, chuchote-t-elle dans mon oreille tandis que je tourne la tête.

Je n'entends plus rien de ce qu'il se passe autour lorsque je rencontre ses deux iris marron braqués sur moi.

Il est là.

Dans son costume bleu anthracite. Au milieu de la pièce, entouré de la foule. Il me fixe en souriant. Mon cœur se gonfle et mon estomac se tord délicieusement. J'ai l'impression de ne pas l'avoir vu depuis des mois, alors que nous nous sommes vus il y a deux jours.

Je sens Isa me pousser et j'avance doucement jusqu'à Archibald, essayant de contourner tous ceux que je rencontre sur mon chemin. Il ne bouge pas et m'observe marcher. Je lutte pour ne pas trébucher sous le poids de son regard. Et lorsque j'arrive à sa hauteur, je prends toute la force dont je dispose pour ne pas lui sauter au cou. Nous n'avons pas encore officialisé notre relation auprès de mes anciens collègues. Ni lui ni moi ne le voulons pour le moment. Parce que c'est encore trop tôt et que je viens à peine de quitter Patience. Je sais pourtant que certains seraient ravis de l'apprendre, je pense notamment à Suzy et Gwen. Mais l'aveu de notre nouvelle idylle ferait beaucoup parler. Et je n'ai pas envie que les gens se demandent depuis quand ça dure, si c'est pour cette raison que j'ai eu le lancement de Sweet Patience, si je suis partie à cause de lui, ou même si j'ai eu mon nouveau travail grâce à ses contacts.

– Salut, susurre-t-il d'une voix rauque.

– Salut.

Les mains dans les poches, lui aussi semble lutter pour ne pas s'approcher trop près de moi. Je vois son regard parcourir mon corps et la lueur que j'y décèle semble approuver ma combinaison longue bordeaux.

– Désolé de ne pas avoir été là pour la surprise.

– Tu es là maintenant, c'est le principal.

Il m'adresse un sourire tendre et je vois son torse se gonfler.

– Wade, s'exclame Charly. T'es enfin là, mon pote.

Mon beau-frère se poste à côté de son ami et lui tape dans le dos.

– Chéri, laisse-les un peu.

June apparaît à mes côtés, les bras croisés sur son chemisier blanc. Elle fronce gentiment les sourcils en direction de son mari qui hausse les épaules.

– Quoi ? C'est mon pote.

Elle secoue la tête en riant, imitée par Archibald.

– Mais c'est mon petit ami.

C'est sorti tout seul, et le dire à voix haute me surprend autant que le principal intéressé. Il passe sa langue sur ses lèvres qui laissent apparaître ses dents blanches. Mon intervention lui plaît et je sens mes joues rougir.

– Très bien, abdique Charly. J'ai compris, les potes après les…

Il se tait soudain et nous éclatons de rire.

– Allons boire, avant que tu dises des conneries que je te ferai regretter.

Archibald attrape le col du polo de son ami et le traîne jusqu'à une des tables que nous occupons. Discrètement, il me fait un clin d'œil que j'accueille d'un sourire niais. Je l'observe disparaître parmi la foule et me retourne vers June qui ne m'a pas lâchée des yeux. Un air moqueur sur le visage.

– Quoi ?
– Rien, dit-elle d'une voix taquine.
– Dis-moi.
Elle sourit et m'attrape par le bras.
– Je te revois encore me dire ô combien tu le détestes. Et ce temps m'a l'air bien révolu.
Je lui tape gentiment les côtes en souriant.
– Pour lui aussi, si tu veux mon avis.
Mon cœur explose tandis que June me tire jusqu'à Isa et un groupe.

***

– Je te jure, ce n'est plus le même homme, déclare Gwen face à moi.
Je me mords la joue, essayant de ne pas faire apparaître mon malaise face à cette conversation.
– On se demande même s'il n'a pas trouvé quelqu'un.
– Qui ça ? demande Tess qui s'incruste dans le groupe.
– M. Perkins, répond Suzy à ma gauche.
– C'est drôle, c'est exactement ce qu'on se disait avec Lise.
– La petite de la compta ?
J'observe en silence mes collègues débattre sur la vie amoureuse d'Archibald, gênée par la tournure que prend la conversation. Au départ, je leur ai juste demandé comment se passait le travail. Ni plus ni moins. Et le sujet « Perkins » est venu sur le tapis. Elles m'ont avoué l'avoir trouvé changé, presque plus humain, même s'il a encore ses sautes d'humeur et son côté homme des glaces.
Sauf que maintenant que l'idée d'une femme à l'origine de ce changement vient d'être énoncée, j'ai presque envie de fuir. J'ai bien trop peur de me trahir avec le rouge sur mes joues.
J'ai donc réussi à faire fondre l'iceberg ?
Une pointe de fierté se répand en moi et un sourire fend mon visage.

– Tu sais qu'Ethan l'a vu quitter le bureau plus tôt la semaine dernière ? poursuit Tess.

Oui, mardi dernier. Il est venu me chercher en bas de l'immeuble de Benny Sy. Il voulait m'emmener manger dans un restaurant à quelques kilomètres de Chicago. Un petit truc qui ne payait pas de mine mais où nous avons dîné comme des rois et admiré le coucher de soleil. Le trajet du retour s'est d'ailleurs éternisé quelque peu… Une soirée merveilleuse.

– Tiens, je te l'avais dit, ajoute Suzy à l'intention de Gwen. Je n'ai pas rêvé. À dix-huit heures il s'était envolé !

– Je ne vois qu'une femme pour le faire cesser de bosser.

De vraies détectives, celles-là. Pires que Sherlock.

– Salut, les filles.

Gwen sursaute et se retourne vers l'homme qui s'est posté dans son dos. Un grand brun à la mâchoire clairsemée de barbe. Les épaules larges dans son T-shirt rouge criard, il nous sourit gentiment. Suzy s'écarte pour lui faire face, et il en profite pour s'intégrer dans notre groupe.

– Avec mes amis, on se demandait si on pouvait vous offrir quelque chose à boire ?

L'inconnu fixe Tess qui se passe nerveusement la main dans les cheveux. Il ne semble pas la laisser insensible et je lance un coup d'œil à mes deux anciennes collègues qui ont également remarqué la scène.

– Volontiers, déclare la responsable marketing.

Il lève la main en direction de ses deux amis, un petit blond et un autre svelte au crâne presque rasé, plus vieux.

– Vous voulez quoi ?

Je lance un coup d'œil dans mon dos et tombe sur deux billes noires qui me scrutent. Ou plutôt, qui lorgnent l'homme qui vient de se positionner à ma gauche.

– Un long island, déclare Gwen.

– Un martini.

– Pareil, lance Tess.

– Et pour toi ? me demande l'inconnu.
– Rien, merci.
– Ton verre est vide, faut le remplir.

C'est le petit blond qui parle. Un sourire mutin sur le visage, il s'est légèrement penché vers moi. Il doit faire à peu près ma taille, et j'arrive à sentir l'odeur de bière se dégager de sa bouche.

– C'est mon troisième déjà, je vais me calmer un peu, dis-je en souriant.

Mon voisin rit et je l'imite.

– Tyron, annonce-t-il en me tendant sa main droite.
– Aprile.

Je serre sa paume moite et vois Tess disparaître de mon champ de vision avec le grand brun.

– Moi, c'est Nick.
– Enchantée, déclare Gwen avant de se présenter.

Ils doivent avoir sensiblement le même âge, et je constate qu'elle aussi a l'air de trouver l'un des nouveaux arrivants à son goût.

– Je reviens, dit soudainement Suzy en s'éloignant non sans me faire un clin d'œil.

Je suppose qu'elle a envie de nous laisser seules avec les gars, pensant sûrement que nous sommes en bonne compagnie et ravies de l'être.

– Vous êtes en *afterwork* ?
– On fête le nouveau job d'Aprile.
– Oh, s'exclame Nick. Félicitations. Dans quel domaine ?
– Merci. J'ai eu un poste chez Benny Sy.

L'homme au crâne rasé fronce les sourcils et je comprends qu'il ne connaît pas.

– Une entreprise qui fait des sacs de luxe pour femmes.
– Tu dois être dans ton élément, alors.

Je lève les yeux au ciel, manquant de grimacer devant cette remarque à la limite du sexisme. Gwen ne s'en formalise pas et glousse. J'observe en silence la conversation qui s'anime en face de moi, souriant de temps à autre. J'apprends que les trois hommes sont militaires et qu'ils sont là pour le week-end, profitant de quelques jours pour se retrouver entre amis. Ils nous demandent ce qu'ils peuvent faire dans les alentours et j'essaie de faire bonne figure malgré l'ennui que je ressens en leur compagnie. Ils ont l'air très gentils, néanmoins ce n'est pas vraiment avec eux que j'ai envie de passer ma soirée. Je tourne la tête dans la direction d'Archibald, pensant le voir à côté de Charly comme tout à l'heure, mais ne le trouve pas. Je lorgne le fond de mon verre vide et soupire.

– Tu n'as toujours pas envie de boire quelque chose ?

Je lance un coup d'œil en direction de Tyron qui me scrute de ses yeux gris. Une bière dans les mains, il m'offre un sourire séducteur.

– C'est gentil, mais…

– Hé !

Un bras musclé m'entoure la taille, tandis qu'une odeur boisée m'enveloppe. Instinctivement, mon corps se rapproche de cette chaleur nouvelle et réconfortante. Je pivote la tête et tombe nez à nez avec Perkins. Il me fixe d'un regard tendre et mon cœur s'emballe face à sa proximité. Je n'ai pas le temps de lancer un coup d'œil vers Gwen, pour vérifier si elle a vu, que des lèvres charnues s'écrasent contre les miennes. Un gémissement de plaisir mélangé à de la surprise s'échappe de ma gorge, alors que les deux mains d'Archibald empoignent mes hanches pour me coller davantage contre lui. Une multitude de pensées traversent mon esprit mais elles s'évaporent dès que sa langue passe la barrière de ma bouche. Ce n'est pas un baiser anodin. Il n'essaie pas d'assouvir une pulsion, mais plutôt de marquer son territoire. Et cette constatation provoque une décharge entre mes jambes.

Il est jaloux, et j'adore ça.

J'oublie tout. Où nous sommes. Avec qui. Et me laisse

porter par l'instant et l'étreinte qu'il m'offre au milieu du Barco. Après un moment qui ne semble durer qu'une seconde, il s'écarte, me maintenant toujours fermement contre lui.

Une vague de doute me submerge lorsque j'ouvre les paupières, jusqu'à ce que je rencontre ses iris et leur lueur rassurante. Il passe une main dans mes cheveux dans un geste doux puis me relâche.

Malgré la musique assourdissante qui nous entoure, j'ai l'impression qu'un silence de mort règne dans les groupes que nous formons tous. Je lance un coup d'œil circulaire autour de moi. Gwen a la bouche ouverte et nous fixe, incrédule. J'accroche le regard de Suzy qui sourit en secouant la tête. Ethan et Oliver ont les yeux grands ouverts et les sourcils qui touchent pratiquement leur cuir chevelu. Dawson a les bras croisés, à côté de Johnson, et aucun d'eux ne semble étonné. June a les pouces pointés en avant et sautille avec Isa, en arrière du groupe.

– On l'a trouvée, notre femme mystère ! déclare Gwen en riant.

Je souris timidement tout en me mordant la lèvre. Je lève le menton pour ancrer mon regard dans celui d'Archibald. Il hausse les épaules en souriant, puis entoure ma taille de son bras dans un geste possessif tandis que plusieurs exclamations fusent gaiement autour de nous.

C'est bon. Maintenant, c'est officiel.

Épilogue

Archibald

Je serre les poings pour tenter de faire disparaître le tremblement de mes doigts. Je fixe mon reflet dans le miroir des toilettes pour hommes et passe une main nerveuse dans mes cheveux ondulés.

– C'est bon, June m'a confirmé que ça allait bientôt commencer.

Je tourne la tête en direction de Charly qui vient de pénétrer dans la pièce. Il m'observe une seconde puis lance un coup d'œil derrière moi.

– Il panique.

Je fronce les sourcils et fusille mon frère du regard.

– Je ne panique pas, grondé-je.

Bien sûr que je panique. Mais hors de question que je l'avoue à voix haute.

James se marre et me contourne avant de s'arrêter à ma droite. Il pose une main rassurante sur mon épaule qu'il presse.

– C'est normal d'être un peu stressé.

Il me sourit à travers le miroir et je soupire. Je resserre ma cravate autour de mon cou pour la soixantième fois depuis une minute puis me retourne pour faire face aux gars.

– Tu fais exactement comme on a dit tout à l'heure, ajoute Charly.

– Et tu souris, renchérit James. Sinon tu vas lui faire peur avec cette tête.

Je grogne tandis qu'ils se marrent.

– Ça va bien se passer, mon pote.

Mon frère et mon meilleur ami sortent des toilettes. Je prends quelques secondes supplémentaires pour réguler ma respiration et faire redescendre la pression qui bout dans mes veines. Une fois à peu près calme, je quitte à mon tour la pièce pour rejoindre les convives dans la grande salle de réception.

Il ne me faut pas longtemps pour repérer Aprile dans sa belle robe longue vert bouteille. Le tissu imprime à la perfection les courbes de son corps et ses cheveux bruns détachés ondulent dans son dos. J'ai envie de plonger mes doigts dedans et d'inspirer leur odeur familière. Maintenant trois ans que nous sommes ensemble, et pourtant, à chaque fois que je pose mes yeux sur elle je ressens la même sensation.

Elle est magnifique. Et elle est avec moi.

Mon cœur se gonfle et mon estomac se tord. Je traverse la grande pièce pour la rejoindre. Entourée de ses parents, elle discute gaiement. J'enlace sa taille et je l'embrasse tendrement sur la tempe.

– Te voilà, souffle-t-elle, tout sourire.

Elle pose sa main manucurée sur ma poitrine.

– Je disais à maman qu'on irait bien passer quelques jours en Floride en septembre.

– Bonne idée, confié-je.

Je tente de paraître serein et intéressé. Sauf que j'ai la tête totalement ailleurs. Aprile ne semble pas le remarquer et reprend la conversation avec sa mère.

– Tu veux un verre, mon garçon ?

Hugues, le père d'Aprile, tape contre mon biceps. Je lance un coup d'œil à ma petite amie avant d'acquiescer. Boire ne me ferait pas de mal et permettrait de faire passer les quelques minutes restantes plus rapidement.

J'ai eu l'impression que la journée était interminable. Même si j'ai passé une super cérémonie, je comptais les heures. June et Charly ont décidé il y a quelques mois, pour fêter leurs dix ans de relation, de renouveler leurs vœux de mariage. Énormément de monde a été invité pour cette occasion, même mes parents. Ayant été très amis avec Charly lorsque nous étions au lycée, ils n'avaient plus eu de nouvelles non plus après mon départ à Montréal. Lorsque nous avons repris contact, ils ont été ravis de le revoir et de rencontrer la femme qui partage sa vie.

Arrivé au bar, Hugues commande deux whiskys sans glace. Je m'adosse contre un meuble, mon verre à la main.

– Belle cérémonie, hein ?

– Très. Vous devez être heureux pour votre fille.

– Je t'ai déjà dit de me tutoyer, Archibald.

Je souris, les yeux braqués sur le liquide ambré entre mes doigts.

– Je suis heureux pour mes filles. Elles ont trouvé les hommes qu'elles méritaient, poursuit-il.

– C'est nous les plus chanceux, avoué-je.

Hugues me regarde avec bienveillance et lève son verre avant de boire une gorgée. Un mouvement de foule me fait tourner la tête et je constate que toutes les femmes se dirigent vers le centre de la salle. Une bouffée de chaleur se répand dans tout mon corps et je sens mon cœur cogner avec ardeur contre ma cage thoracique.

Aprile arrive dans un courant d'air devant moi. Elle me donne sa pochette avant de m'embrasser sur les lèvres.

– C'est le lancer de bouquet.

Elle repart aussi rapidement, dans un nuage de parfum fleuri. Son sac dans les mains, je la vois se positionner au milieu du groupe qui s'est amassé devant nous. Je ne vois qu'elle parmi les dizaines de personnes autour d'elle. Quelques femmes sont restées à l'écart, dont la mère d'Aprile qui nous rejoint, ainsi que mes parents. Des téléphones dans les mains, tous les convives attendent le moment fatidique.

Sentant la pression monter d'un cran, j'avale d'une traite mon whisky. Charly et James se matérialisent à mes côtés, et mon frère attrape la pochette de mes mains.

June est de dos, son bouquet de mariée entre les doigts. Elle lève les bras dans sa robe blanche.

– Attention !

La musique s'est arrêtée. La sœur d'Aprile baisse les fleurs puis les soulève.

– Trois… hurle à l'unisson la salle.

Je reste statique sur mes pieds, incapable de faire un pas. Je ne vois que ma petite amie, au milieu de la pièce. Je ne perçois pas son visage. Elle a les mains levées. Prête à bondir.

– Deux…

Je sens qu'on me pousse. Les yeux braqués sur Aprile, j'avance.

– Un…

June s'immobilise et se retourne. Quelques exclamations de surprise s'élèvent dans la salle de réception. Je marche sans me retourner, d'un pas déterminé, tout en glissant ma main dans la poche de ma veste. Les groupes s'écartent, me laissant libre accès à Aprile, qui n'a pas bougé. Dos à moi, elle fixe sa sœur qui s'avance jusqu'à elle. Je sens tous les regards sur moi, sur nous. Pourtant je ne vois qu'*elle*. Je tuerais pour être devant elle et étudier l'expression de son visage. J'imagine de l'incompréhension. De la surprise.

Je dépose un genou à terre. La pièce est plongée dans le silence, les flashs des téléphones allumés et braqués sur la scène qui se déroule.

June glisse son bouquet dans les mains de sa sœur et la fait pivoter face à moi.

Lorsque Aprile ancre ses yeux dans les miens, mon souffle se bloque dans ma poitrine. Une multitude d'émotions traversent ses iris. Passant de l'ébahissement à la joie. Il me faut une bonne seconde pour reprendre mes esprits. La bague levée entre nous, je déglutis avant de dire d'une voix rauque :

– Aprile…

Un sanglot incontrôlé s'échappe de sa gorge et elle porte

une main à sa bouche. J'ai envie de me relever et de la prendre dans mes bras. Pourtant, je reste à terre et la fixe le plus tendrement possible. Les yeux qui s'emplissent de larmes, elle agite ses doigts pour ne pas faire couler ses larmes.

– Oui, oui, oui.

Plusieurs personnes rient, et je souris à mon tour, imité par Aprile.

– Je n'ai encore rien dit.

– Mais c'est quand même oui.

– Mademoiselle Barnett, grondé-je gentiment.

Elle se mord la lèvre et les larmes dévalent sur ses joues. Elle est magnifique.

– Monsieur Perkins.

J'avais préparé un long discours, mais à genoux devant elle, j'oublie tout. Sauf une chose : c'est avec elle que j'ai envie de passer le restant de ma vie.

– Veux-tu devenir madame Perkins ?

– Mille fois oui !

Elle saute à mon cou, manquant de me faire tomber. Je l'attrape fermement dans mes bras et me relève sous les applaudissements de la pièce entière. Je plonge mon nez dans ses cheveux et inspire à pleins poumons.

– Je t'aime, chuchoté-je dans son oreille.

– Moi aussi, je t'aime.

Remerciements

À mes femmes de l'ombre, mes trois acolytes : ma sœur jumelle Margaux (*a.k.a.* Lou Garance, parce que c'est aussi une histoire de famille, l'écriture), et mes deux amies, Julie et Virginie. Sans votre motivation, vos conseils, vos corrections, ce livre n'aurait jamais vu le jour. Merci d'être là.

À Alice, pour m'avoir donné ce goût de la lecture et de l'écriture. C'est grâce à toi que tout a commencé, je te dois beaucoup.

À mes copines, qui m'inspirent pour mes personnages et leurs péripéties.

À ma famille, pour son soutien.

À Maud et Marianne, pour m'avoir donné la chance d'être éditée. Merci d'avoir cru en cette histoire.

Et à vous, lecteurs, d'avoir lu ce roman.

Partager une coloc avec la sœur de son meilleur pote ? Mauvaise idée !

Le soleil, la *dolce vita*, les rives du lac de Garde, les filles… Néoh mène, en apparence, une vie de rêve en Italie ! Jusqu'au jour où débarque Auréa, la sœur de son coloc. La dernière fois qu'il l'a croisée, elle avait 16 ans. La dernière fois qu'il l'a croisée… elle n'était pas aussi troublante. Très vite, Néoh comprend qu'il doit étouffer ce désir dévorant que la jeune femme attise sous sa peau. Sauf qu'Auréa est trop solaire, trop piquante, trop à l'aise dans ses baskets. Terriblement sexy. Et surtout bien décidée à le provoquer ! Mais entre eux, c'est impossible. La petite sœur de son meilleur ami lui est inaccessible. Interdite pour des raisons que Néoh ne lui avouerait pour rien au monde. Alors, pourquoi crève-t-il tant d'envie qu'elle lui cède ?

Autrice : Aimée Bianca

Edisource – Éditions Addictives
100, rue Petit, 75019 Paris
Imprimé par FINIDR – Lipova cp. 1965 – 73701 Cesky Tesin,
République tchèque
Dépôt légal : septembre 2023 – Achevé d'imprimer : août 2023
ISBN : 978-2-37126-590-5
Réf. contrat : ZILE_001